STEINS PARANOIA

Satz: Hanna Knezourek, A-4785 Haibach/Schärding
Printed in Austria by Welsermühl, Wels
ISBN 3-7017-0523-2

PETER HENISCH

Steins Paranoia

ROMAN

Residenz Verlag

I

Anfänge	– :	Es geht darum, einen Anfang zu finden.
Ja, Anfänge	– :	Es geht darum, den Anfängen zu wehren.
Widerstand	– :	Der Schreibwiderstand bei so einem Thema.

Aber es geht darum, Widerstand zu leisten – nicht wieder zu spät.
Denk ich / denkt *er*. Wie könnte er heißen. Glück?
– Ein schöner Name. Wird aber wieder verworfen.
Glücklich ist, wer vergißt – typisch österreichisch.
So typisch österreichisch darf er nicht sein.
Obwohl er das möchte (und wer möchte das nicht?).
Vergessen nämlich (hierorts und anderswo).
Typisch österreichisch – was für ein Blödsinn!
Es geht nämlich darum, daß er erinnert wird.
Vielleicht ist er etwas langsam, schwer von Begriff.
Doch wenn er begriffen hat, macht das Begriffene ihn schwer. Gern würde er verharren, gern bleiben, wo und wie er ist. Wie ein Stein. Ja, *Stein* ist ein Name für ihn.

Stein also – : Wenn er sich später daran erinnerte, dachte er manchmal, er hätte gleich reagieren sollen. Aber der Anlaß war ihm zu läppisch erschienen. Gerede eines Betrunkenen, hatte er (Stein) gedacht. Und: Zahlt es sich überhaupt aus, mit einem Men-

schen in dieser Verfassung – ja was (?): zu reden? zu argumentieren? zu streiten?
Denk ich / denkt Stein. Denk *ich*, daß *Stein* denken soll. Doch, dachte er später, es *hätte* sich ausgezahlt. Womöglich *tätlich* zu werden? Ja, sogar das. Etwas zu *tun*. Das hatte er aber verabsäumt.

Er war, so sah er sich selbst, ein zurückhaltender Mensch. Selten kam es vor, daß er sich in der Öffentlichkeit in ein Gespräch mischte. Manchmal *dachte* er daran, sich einzumischen, weil ihm auf dies oder das etwas Interessantes, Amüsantes oder gar Provokantes einfiel. Aber er brauchte seine Zeit, bis er solche Gedanken aussprechen wollte, konnte, und wenn diese Zeit verstrichen war, fand er meistens, der richtige Zeitpunkt sei nun ohnehin schon vorbei. Außerdem scheute er (Stein) auch nur ansatzweise aggressive Berührungen. Wenn er sich vorstellte, daß er den Betrunkenen, der womöglich auf ihn eingedrungen wäre, von sich hätte abwehren müssen ... Obwohl das vermutlich nicht schwer gewesen wäre, denn der Mann war – zumindest in Steins Erinnerung – wenigstens sechzig und wacklig auf den Beinen. Es war aber Marion dabei gewesen, und vor allem um ihretwillen hatte Stein, redete er sich ein, die Auseinandersetzung mit dem Betrunkenen vermieden.

Mit dem Betrunkenen. *Falls* dieser Mann überhaupt betrunken gewesen war. Falls Steins Erinnerung diesem Mann (und dem Satz, den er gesagt hatte) die Trunkenheit nicht erst im Nachhinein hinzufügte. Als verharmlosendes Akzidenz, als mildernden Umstand (für den Mann und für sich). Vielleicht hatte der nicht gewußt, was er gesagt hatte, vielleicht mußte man es daher, wenn man es gehört hatte, gar nicht so ernst nehmen, vielleicht war alles halb so schlimm.

Es wird a Wein sein (auch Stein trank ab und zu gern ein Gläschen, nicht nur am Schabàt). Und mir wern nimmer sein (um die Sitten und Gebräuche seiner übriggebliebenen Verwandtschaft kümmerte sich Stein wenig). Aber *wer* wird nimmer sein? fragte der Großvater, als er sich nach langer Abwesenheit, erstaunlich, aber wahr, erstmals um seinen Enkel, der es allerdings nötig hatte, kümmerte. Na *mir* wern nimmer sein. *Wer* wir? fragte der Großvater. Österreicher samma alle.
Sagte der Enkel. Menschen samma alle. Aber das ist ein Irrtum. Sagte der Großvater. War schon ein Irrtum, als ich noch gelebt hab. Oj Oj Oj, schicker ist der Goj, aber deswegen wird er nicht harmloser. Was ist das übrigens für eine verworrene Geschichte – zu meiner Zeit hat man noch anständig erzählt.

So etwa: An einem Montag Mitte der achtziger Jahre, kurz nach sechs Uhr abend, sagte ein möglicherweise betrunkener älterer Mann im Zeitungskiosk bei der U-Bahn-Haltestelle Wien-Schottenring einen von jenen Sätzen, die man zu jener Zeit oder wenigstens bald darauf wieder öfter hörte, ohne sie wirklich zu hören. Wahrscheinlich wäre auch dieser Satz, unerhört, wie er war, ungehört, also nicht wahrgenommen, nicht ernstgenommen geblieben, hätte nicht gerade ein gewisser Max Stein, begleitet von seiner zehnjährigen Tochter, die Trafik betreten. In Steins oft und oft vor seinem inneren Auge abgespulten Erinnerungsfilm war die Reihenfolge übrigens umgekehrt: zuerst betrat Marion die Trafik, sie zog ihren Vater hinter sich her

Jede Woche um diese Zeit wünschte sie sich, von Stein aus einem Tanzinstitut in der Neutorgasse abgeholt, wo sie einen Jazz-Basic-Kurs besuchte, ein Mickymausheft. Die väterliche Hand loslassend, rattenschlank zwischen den großen, plumpen Erwachsenenkörpern, die das schlauchartige Geschäftslokal überfüllten, hindurchhuschend, strebte sie nach dem Regal mit den Comicstripheften. Ihre Aufmerksamkeit war also in diesem Moment so sehr, noch dazu visuell, fixiert, daß Stein hoffen konnte, auch von ihren schmalen, durchscheinenden, vor Eifer etwas geröteten Ohren sei der Satz nicht bis ins Gehirn vorgedrungen. Für ihren Fall fand er das wünschenswert, für den Fall der übrigen Anwesenden, angefangen von der hinter den Zeitungsstößen verschanzten Trafikantin (obenauf lagen, so schnell lief die Zeit, schon die Zeitungen von morgen) bis zu dem Straßenbahnkontrollor – schwarze Uniform, Unform, mit glänzender Brustplakette –, der rücksichtslos aus der Tür drängte, während der hinter seiner Tochter zurückbleibende Vater hineinwollte, fand er das bedenklich bis empörend. Ihm, Stein jedenfalls, drang dieser Satz, durch den er sich in zweifacher Hinsicht betroffen fühlte, sowohl ins Gehirn als auch, meiner Seel, in die Seele.

Das hieß allerdings nicht, daß er, Stein, diesem Satz fürs erste etwas entgegengesetzt hätte, sei es Wort, sei es Tat. Vor allem um Marions willen, redete er sich ein, hätte er die Auseinandersetzung mit dem Betrunkenen, redete er sich ein, gescheut. Was ihm, sobald er das als *Versäumnis* begriff – also kaum hatte er das Mickymausheft bezahlt und war mit der Tochter, die jedenfalls nicht merkbar auf den Satz reagiert hatte, keine Fragen wie sonst, washeißtdas-Papa, warumPapa, wieder draußen im Freien, unter dem de facto zwar verhangenen, aber im Prinzip heiteren Himmel Österreichs, unserer Republik Nr. 2 –, zu denken gab und zum Problem wurde. Gar nicht sehr weit von hier, sagte Clarissa, aber die lernte er erst später kennen, war das GESTAPO-Gebäude.

Aus der Neutorgasse abgebogen, waren sie durch die Zelinkagasse gegangen, Stein und seine Tochter, zur U-Bahn-Station Schottenring. Hätten sie nicht ebensogut zur U-Bahn-Station Schotten*tor* gehen können – ja, warum hatten sie ausgerechnet an diesem Tag nicht die Linie U 2 statt der Linie U 4 genommen? Stein stellte sich vor, wie er mit Marion Richtung Schottentor geschlendert wäre, an der Börse vorbei, unter den Bäumen der Ringstraßenfahrbahn, im Licht einer schrägen Sonne. Vielleicht hätte er Marion im Eissalon Ecke Wipplingerstraße ein gemischtes Eis gekauft, allen Halswehvorbehalten zum Trotz. Und / oder sie hätten den Ring überquert, um auf der anderen Straßenseite vor den Schaukästen des Schottenringkinos die Filmbilder zu betrachten. Tarzan, erinnerte er sich, hatte man damals gespielt, eine Neuverfilmung, künstlerisch angeblich wertvoll, er hätte Marion die Geschichte, soweit er sie aus dem Roman behalten hatte, erzählt. Ganz abgesehen davon, daß es auch bei der U-Bahn-Station Schotten*tor* (in der Passage) einen Zeitungs-

kiosk gab. Dies für den Fall, daß sie auf seine Erzählung doch weniger Wert gelegt hätte als auf die Mickymauslektüre.
Hätte Stein diesen statt jenen Weg genommen, so hätte er sich, gar kein Zweifel, viel erspart. Ja, er hätte *Österreich* viel erspart (ab einem gewissen Punkt seines Nach-Denkens, Hinterher-Denkens neigte er jedenfalls mehr und mehr zu dieser These). Immer wieder zurückkehrend an den Ort der ungetanen Tat, nahm Stein aber immer wieder den anderen (also den *einen*) Weg. Neutorgasse – Zelinkagasse – Franz-Josefs-Kai. An der rechten Seite der Zelinkagasse gab es ein Parterrefenster mit zwei Fensterguckerkatzen, an der linken das Gesundheitsamt der Stadt Wien sowie ein Zahnambulatorium, brr, kommentierte Marion, etwas weiter vorn, wieder rechts, eine Ankerbrotfiliale mit Brezeln. Wer war dieser Zelinka eigentlich? Stein schlug im Straßenverzeichnis nach: ein Wiener Bürgermeister. Wie Lueger? fragte Clarissa. Rund vierzig Jahre früher. Fragte Clarissa: Mit den gleichen Ressentiments?
An der Ecke zum Franz-Josefs-Kai hielt dann der Kleinbus, der Marion so gefiel. Lieb ist der, sagte sie – einmal waren sie spaßhalber eingestiegen und (den Umweg in Kauf nehmend) quer durch die Stadt gefahren. Auch das wäre eine Möglichkeit gewesen, nicht den (ohnehin gefährlich verkehrsreichen) Franz-Josefs-Kai zu überqueren und somit der Geschichte, in die er, Stein, geraten war / geriet / exemplarisch geraten ist, zu entgehen. Sobald jedoch die Spaziergänge mit Clarissa zur Gewohnheit

(oder muß ich schreiben: zur Sucht?) wurden (sie, die hier fremd sein sollte, als Fremdenführerin für ihn, der hier nichts als zu Haus sein wollte, aber wo, fragte sie rhetorisch, ist unsereins schon zu Haus . . .), wurde ihm diese Stadt (die seine) gespenstisch.

Damals aber und all die Montage danach, solang er Marion zum Tanzen brachte / vom Tanzen abholte, fuhren sie von der U-Bahn-Station Schottenring mit der Linie U 4 Richtung Landstraße. Die Tochter ihr Mickymausheft lesend / nicht mehr lesend, seit Stein jenen Kiosk nicht mehr betreten wollte, der Vater so oder so in Gedanken versunken, denn der Satz, dem er nichts entgegengesetzt hatte, der indes nach Gegensatz verlangte, gab ihm zu denken. Es war ihm *unmöglich* seit damals, gleich nach dem Tanzkurs in die Trafik zu gehen (in *diese* Trafik, die am nächsten lag) und Marions Wunsch nach dem Mickymausheft zu erfüllen. Wortlos versuchte das Kind den Erwachsenen in Richtung Kiosk zu ziehen, ebenso wortlos versuchte der Erwachsene, die beim Überqueren der Straße eingeschlagene Richtung bis zum Eingang des U-Bahn-Gebäudes beizubehalten.
Warum? fragte drüben die Tochter – sie war zwar vorläufig die Schwächere, aber weder auf den Kopf noch auf den Mund gefallen. *Da*rum, sagte der Vater, und dann: daß die Trafik um diese Zeit doch allzu überfüllt sei. Das war sie, so Marion, aber früher genauso. Trotzdem, so Stein, es widerstrebe ihm einfach, diese seiner Ansicht nach immer überfülltere Trafik zu betreten, Marion bekomme ihr Mickymausheft am Bahnhof Wien-Mitte.

Wahrscheinlich wäre es besser / besser gewesen, dachte er wiederholt / hatte er wiederholt gedacht, ich fände wirklich erklärende Worte / hätte wirklich erklärende Worte gefunden. Aber er schob das von einem zum anderen Mal auf / hatte das von einem zum anderen Mal aufgeschoben, bis es (jedenfalls vorläufig) zu spät war. Wahrscheinlich weil er, hätte er solche Worte gefunden, zumindest gesucht, erst auf seine Wortlosigkeit in jener Situation zu sprechen hätte kommen müssen, die der Widerworte bedurft hätte. Vor allem aber, weil er dann den Satz, der nun, so stellte er sich das vor, noch unwidersprochen im engen Raum der Trafik stand (aber wer wußte, wie lang er dort einfach so stehn blieb), erst einmal hätte wiederholen müssen.

Und wirklich: es dauerte leider nicht allzu lang, bis dieser Satz aus dem Schottenringkiosk herausfand. Bei den arabischen Zeitungsverkäufern an der Rolltreppe, die, obwohl freundlich zu Marion, kein Mickymausheft hatten, kaufte Stein (vor allem, um weiter schweigen, verschweigen zu können) meist eine abendliche Morgenzeitung. Mit dem Effekt allerdings, daß ihm Marion, bis Wien-Mitte ohne eigene Lektüre, kaum saßen sie auf den Plastiksitzen des öffentlichen Verkehrsmittels, die abendliche Morgenzeitung wegnahm. Und da, seiner Tochter über die Schulter schauend, entdeckte Stein, vielleicht zwei oder drei Wochen später, einen Satz, der dem Satz, den der mutmaßlich betrunkene Mann gesagt hatte, zum Verwechseln, das heißt zum Erschrecken, ähnelte. Zwar stand er da nicht so unverstellt, nicht so direkt. Trotzdem bestand gar kein Zweifel, daß dieser Satz ein Verwandter, ein Abkömmling jenes Satzes war. Und es blieb nicht bei diesem einen gedruckten Satz, in der nächsten Woche waren es zwei, in der übernächsten vier. Da standen sie schwarz auf weiß und millionenfach vervielfältigt.

Las Marion diese Sätze? Nein, eher nicht. In den Zeitungen, die sie ihrem Vater wegnahm, las sie, die ersten Seiten überblätternd, vor allem die Comicstrips, Jugendseiten und Witze. Allerdings: wer weiß, dachte Stein, Kinder bekommen bekanntlich weitaus mehr mit, als Erwachsene wahrhaben wollen. Vielleicht *wußte* sie, vielleicht hatte sie alles, also auch und besonders sein Versagen in jener Situation, mitgekriegt; sie von der Seite betrachtend, ihr noch kindlich gerundetes, aber doch schon sich altklug schärfendes Profil, dachte er manchmal, sie durchschaue ihn, ohne ihn voll anzusehen, und mit ihrem nonchalanten Verhalten beim Durchblättern der Zeitungen wollte sie ihn entweder schonen oder diskret verachten. Außerdem wurden die Sätze, die sie, wenn es nach ihm ging, lieber nicht lesen sollte, im Lauf der Zeit (ein Montag folgte dem anderen) nicht nur immer häufiger, sondern rückten in den Zeitungen vor und auf, bis sie, manchmal sogar als Überschriften in Balkenlettern, selbst bei flüchtigstem Blättern kaum mehr zu übersehen waren. Umso froher war Stein, daß er, die Tochter mit ängstlicher Spannung beobachtend (tatsächlich stand er meist, während Marion saß), bis zur Landstraßer

Hauptstraße nur zwei Stationen zu überstehen hatte. Komm, sagte er also, obwohl ihm das Herz schwer war, erleichtert, wir müssen schon aussteigen. Geh, sagte er, obgleich sie etwas spitz und über die Störung ungehalten von ihrer auf jeden Fall fragwürdigen Lektüre aufblickte, wir versäumen sonst die Haltestelle.

Vom Bahnhof Wien-Mitte bis in die Löwengasse gingen sie zu Fuß. Auf dem Kolonitzplatz stand manchmal der anscheinend Geistesgestörte, den sie hier in der Gegend schon öfter gesehen hatten. Das heißt: stehen konnte man das kaum nennen, diese ständige Gewichtsverlagerung von einem der in ausgebeulten Hosen steckenden Beine auf das andere. Warum wackelt der so? fragte Marion. Auf wen wartet der da? fragte Marion. Stein sagte: Ich weiß nicht.

Damals war Stein noch beinah problemlos verheiratet. An dem Abend, an dem alles, auch diese Geschichte, begonnen hatte und zu dem wir nun zurückkehren, überließ er seine Tochter, die er besonders innig, aber zerstreut küßte, so als wäre er mit dem Kopf, den er zu ihr herabneigte, gleichzeitig woanders, der praktischen Liebe ihrer Mutter. Durch die Zimmertür, die er hinter sich geschlossen hatte, hörte er sie noch eine Weile plaudern und lachen, dann wurde es still. In dieser Stille versuchte er, sich etwas zu notieren, aber bis zu dem Moment, in dem seine Frau hinter ihn trat, ihn sanft an den Schultern berührend, was ihn nichtsdestoweniger

heftig zusammenfahren ließ, hatte er noch kein Wort geschrieben.
Dann lag er im Bett neben ihr, aber weit von ihr weg.
Was hast du denn? fragte sie. Nichts, sagte er. Warum erzählte er ihr nicht, was ihn belastete?
Der Mann in der Trafik ... der Satz, den dieser Mann gesagt hatte ... sein (Steins) über diesen Satz betroffenes Schweigen ...
Stein konnte nicht sprechen, sein Schweigen hatte ihm die Rede verschlagen.

Eine gewisse Abwesenheit, Zerstreutheit, Gereiztheit fiel auch am Morgen danach in der Firma auf, in der er seine Vormittage versaß. Sein Posten dort war eigentlich ein sogenannter Frauenposten, aber er hatte, als Marion unterwegs gewesen war, ausdrücklich etwas Halbtägiges gesucht und es in der Hochkonjunkturphase, die noch eine Weile anhielt, auch gefunden. Da er als Kind besser englisch als deutsch gesprochen hatte, bereitete ihm das Übersetzen medizinisch-technischer Prosa aus dieser Sprache keine Schwierigkeiten. Die Nachmittage hatte er sich freihalten wollen, um Lyrik zu schreiben, aber das war lange her. Wollen Sie einen Kaffee? fragte die Kollegin vom Nebenschreibtisch. Tatsächlich war Zeit für eine Kaffeepause, aber Stein vergaß, auf diese Frage zu antworten. Etwas später erkundigte er sich, wo der Kaffee bleibe. Er steht doch vor Ihrer Nase, sagte die Kollegin, und: Was geht sie denn meine Nase an? erwiderte Stein unfreundlich.

Am Nachmittag hatte er dann drei Nachhilfeschüler. Zwei in Englisch, leider nur einen in Französisch. Wenn er schon Nachhilfestunden geben mußte, dann lieber in der von ihm bevorzugten französischen Sprache. Wenigstens in dieser Vorliebe folgte er seinem Vater. Der wäre nämlich viel lieber in Frankreich geblieben, bevor er nach Amerika gegangen war, das er keineswegs für das Gelobte Land gehalten hatte. Aber, so hatte Steins Vater gesagt, hat unsereiner die Wahl? Keinen Augenblick zu früh hätten er und Steins Mutter damals in Südfrankreich ihre Koffer gepackt. Am liebsten wären sie allerdings hier geblieben, wo sie sich einfach daheim gefühlt hätten seit Generationen, aber, so hatte Steins Vater gesagt, danach hat man unseresgleichen nicht gefragt.

Vergangen sei das doch alles – so hatte sich Stein ehemals gegen gewisse Vorbehalte, Einwände, Einspruchsversuche seines Vaters gewehrt. Und eben deswegen: weil es vergangen war, hatte er sich wenig für die Vergangenheit – *deine* Vergangenheit, hatte er damals zum Vater gesagt, interessiert. Was heißt *meine* Vergangenheit, darauf der Vater, aufbrausend, wie es sonst kaum seine Art war, was heißt *meine*? Und dein Großvater? Tut mir leid, hatte Stein gesagt, aber dem kann ich auch nicht mehr helfen.
Vergangen sei das doch alles / vergangen ist nichts, fand Clarissa. Bis vor kurzem (vorgestern? gestern?) hatte sich Stein nicht für diese Vergangenheit interessiert. Abgeblockt, sagte sie; schon möglich, sagte

er; verdrängt, sagte sie. Nein, nicht verdrängt – diese immer wieder heraufbeschworene Vergangenheit sei ihm schlicht auf die Nerven gegangen. Diese Emigrations- und Rückkehrgeschichten! Und vor allem der Ton, in dem sie erzählt wurden! Ein ihm seit damals unerträglicher Ton zwischen Larmoyanz und Vorwurf! Wien, Wien nur du allein, aber hier möcht ich nicht begraben sein – na entweder oder!
Habe etwa er, der zuvor gar nicht dagewesen sei, hierher zurückwollen? Nein, habe er nicht, und seine Mutter erst recht nicht. Zwar könne er sich an Amerika kaum mehr erinnern. Aber in der letzten Klasse der Volksschule – daran *könne* er sich erinnern – habe er bedauert, kein Amerikaner mehr zu sein.
Es war allerdings schon stark, gab er zu, was man seinem Vater damals bei seiner Rückkehr nach Österreich angeblich gesagt hatte. Wärn S' halt net fortgangen, dann wär auch kein anderer eingezogen in Ihnere Wohnung! Das hatte Steins Vater erzählt – konnte das wirklich wahr sein? Jetzt, da es ihn interessiert hätte, weil es ihn plötzlich interessieren *mußte*, konnte sein Sohn ihn nicht mehr danach fragen.
Es hat doch, nichtwahr Clarissa, Entschädigungen gegeben. Schon, sagte Steins toter Vater, aber ich wollt halt in *unsere* Wohnung. Die Wohnung, in der wir bis '38 gelebt haben, in der schon dein Großvater selig gelebt hat. Mein Großvater selig, dachte Stein, unberufen!

Der Großvater kam zu Besuch, seit Stein allein war. Seit Stein ausgezogen war aus der ehelichen Wohnung in diese, wie sollte er sie nennen: uneheliche –

nein, so mochte sie Brigitte nennen, seine Frau. Seit sein Kontakt mit Marion auf das jeweils erste und dritte Wochenende im Monat reduziert war, nicht zu vergessen die Montage mit den Fahrten zum Tanzinstitut und zurück, die dadurch (auch im Rückblick aufs Stadium vor seinem Auszug) Bedeutung gewannen. Seit Stein so allzu allein war, suchte der Großvater ihn heim.

Und zwar, wie er vorgab, um ihn am Trinken zu hindern. Daß du dich nicht genierst, sagte der Großvater, das sind gojische Angewohnheiten. Tatsächlich kam er vor allem, das hatte Stein längst begriffen, weil er gern redete. Und weil er sich – Stein wurde den Verdacht nicht ganz los – auch gern ein bißchen wichtig machte.

Wen er, der Opa, nicht alles gekannt haben wollte! Die ganze Clique von Altenberg bis Fritz Grünbaum! Auch den Friedmann natürlich, einen, wie er sich nicht enthalten konnte zu urteilen, zwar etwas windigen Assimilanten und Aufschneider. Aber am Ende, da war dieser Herr Friedell dann doch nicht ohne Haltung.

Solche wie der Katsenelson seien jedoch von Anfang an ein anderer Schlag gewesen. Katsenelson? hatte der Enkel gefragt, als der Großvater den zum ersten Mal erwähnt hatte, er hatte den Namen bis dahin noch nie gehört. Katsenelson, hatte der Großvater gesagt wie ein Lexikon, Jitzak, 1886 bis 1944. Beide sind wir im gleichen KZ gestorben. Dann hatte der Großvater gar zu singen begonnen. Kennst du das nicht? O doch, Stein hatte das Lied durchaus im Ohr gehabt, allerdings auf englisch. Seither hatte er das Lied im Sinn, da spukte es herum und ging nicht mehr heraus. Was ist das für ein Lied? hatte Marion gefragt, ihr Vater mußte es also, während sie die Rolltreppe zur Landstraßer Hauptstraße hinauf fuhren, unwillkürlich gesummt haben. Marion ließ sich, obwohl sie, nicht nur im Rollen, sondern auch im Gehen sogleich in ihr Mickymausheft vertieft schien, das sie nun endlich bekommen hatte, nicht von dieser Frage ablenken. Was ist das für ein Lied? wiederholte sie in mäßigen, aber regelmäßigen Abständen, da waren sie längst aus dem U-Bahn-Gebäude draußen auf der Invalidenstraße. Ach das, dieses Lied, sagte Stein, ein trauriges Lied. Wieso traurig? fragte Marion, ohne aufzublicken, das talentierte Kind konnte seine Aufmerksamkeit zumindest zweiteilen.

Es geht darin um ein Kalb, sagte Stein, das zum Schlächter geführt wird. Das Kalb liegt gefesselt auf einem Wagen, und der Bauer geht neben dem Wagen her. Und am Himmel, so heißt es in dem Lied, dreht und wendet sich ein Vogel. Und der Wind, so heißt es in dem Lied, lacht darüber im Korn bis in die Nacht hinein. – Und weiter? – Naja, sagte Stein, das Kälbel schreit. – Wieso denn Kälbel? – So hat halt mein Großvater gesagt... Das Kälbel schreit also, und der Bauer sagt: Wer schafft dir denn, ein Kalb zu sein? Hättest ja ebensogut ein Vogel werden können, eine Schwalbe zum Beispiel, wie die da oben ... naja, so ungefähr.

Bei diesen Worten war Stein verlegen geworden.

Das ist aber, sagte Marion, eine Gemeinheit!

Was? fragte Stein.

Na, was der Bauer da sagt.
Siehst du, sagte Stein zu seinem Großvater, als ihn der das nächste Mal besuchen kam, so hab ich das auch empfunden.

Was immer du heute tust oder unterläßt, es hat seinen Einfluß auf den morgigen Zustand der Welt. Wahrscheinlich nicht wörtliches Zitat aus einem Buch, das er, nicht lang nach dem Zwischenfall im Schottenringkiosk, in einer Wühlkiste vor einer Buchhandlung entdeckt hatte. Stein, durch die Straßen treibend: Börseplatz, Hohenstaufengasse, Helferstorferstraße, während Marion tanzte. An den Titel des Buches konnte er sich nicht mehr erinnern, eine Zeitlang hatte er es während der Nachhilfestunden gelesen, aber dann war das Buch verschwunden.
Er hatte die Nachhilfeschüler danach gefragt, aber die hatten von nichts gewußt. Mit ebensowenig Erfolg hatte er – für den Fall, daß er das Buch in der Straßenbahn vergessen hätte – die Fundzentrale der Städtischen Verkehrsbetriebe angerufen. In einem Kaffeehaus, das er besucht hatte: nichts. Stein konnte sich des Verdachts nicht erwehren, daß dieses Buch ihm zu Hause verschwunden sei, und zwar nicht zufällig. Es hatte sich nämlich um ein sogenanntes esoterisches Werk gehandelt, und gegen die Esoterik wie überhaupt gegen alles nach ihrer Ansicht Irrationale hatte seine Frau eine Abneigung. Stein hielt auch nichts davon, aber Brigittes Abwehrhaltung reizte ganz einfach zum Widerspruch. Im übrigen kam auch die Esoterik, so schien es, bereits aus der

Mode – war doch das Buch neben einigen anderen Exemplaren seiner Gattung zwischen seit Jahren schon ganz außer Kurs geratenen ökonomischen, psychoanalytischen und gesellschaftskritischen Serienschmökern gesteckt. Auf dem etwas verblaßten, verschossenen Umschlag des Buchs war die dennoch blauviolett leuchtende Siebdrucksilhouette der ägyptischen Sphinx zu sehen gewesen.

Steins Französischnachhilfeschüler war untalentiert. Seit Wochen versuchte ihm Stein den Unterschied zwischen imparfait und passé simple beizubringen, aber wann immer sich eine Gelegenheit zur Verwechslung bot, verwechselte der diese beiden Vergangenheitsformen. Vielleicht war er weniger untalentiert als desinteressiert. Vielleicht war er weniger desinteressiert als boshaft. Wie oft er ihm das schon erklärt habe? fragte ihn Stein. Ob er ihn denn nicht höre oder verstehe? Sie murmeln doch alles, sagte der Nachhilfeschüler, in Ihren Bart. Laß nur ja, sagte Stein, meinen Bart aus dem Spiel!
Der Ton, in dem Stein das sagte, erschreckte den Schüler. Oder: vielleicht war er gar nicht so leicht zu erschrecken, aber er witterte seine Chance. Auch sonst gab Steins Unterricht Anlaß genug zur Kritik. Der Typ, so der Schüler, sei mit dem Kopf ganz woanders. Tatsächlich: zumindest dieser Vorwurf traf zu. Am Ende der nächsten Stunde bat der Vater des Schülers Stein um ein ernsthaftes Gespräch. Es kam aber überhaupt kein Gespräch zustande. Der Nachhilfelehrer war wirklich abwesend, abweisend!

Väter! Stein konnte mit Vätern einfach nicht reden. Grad jetzt, da sein eigener Vater ihm ständig einfiel. Du wirst noch, hatte sein Vater gesagt, an mich denken. Na also, jetzt war es soweit: jetzt dachte er an ihn.

Seit jener Satz gesprochen war, unwidersprochen. Seit jenem Ereignis. Wieso Ereignis? Seit jenem Versäumnis! Seit jenem Versäumnis, jawohl, seit jenem Verträumnis! Stein reimte mit schwerer Zunge: Seit jenem Verschweignis...

Das war allerdings erst Wochen, nein Monate später. Nachdem er die Nachhilfestunde verloren hatte. Die Nachhilfestunden (Mehrzahl) und nicht nur die. In Steins – so nannte er's jetzt – vorübergehendem Exil. Da fiel ihm sein Vater noch häufiger ein als vorher. Komisch: jetzt dachte er so an ihn, als ob er noch lebte. Hingegen war er, solang er noch gelebt hatte, für ihn so gut wie tot gewesen. Was allerdings auf Gegenseitigkeit beruht hatte: Ich habe keinen Sohn mehr! Scheißpathos! dachte Stein, noch im nachhinein empört. Alttestamentarisches Getue – hätte nur noch gefehlt, daß er sich das Hemd über der Brust zerreißt! *Du* hast dich hier ganz einfach daheim gefühlt, schön, aber *ich* fühl mich inzwischen ganz einfach als Österreicher! Ach hab mich doch gern, ich bin ein erwachsener Mensch und heirate, wen *ich* will!

Brigitte nämlich. Und *warum*, hatte Stein seinen Vater gefragt, verständlicherweise erregt, und warum soll ich sie *nicht* heiraten? Gibt es bei uns – hier hatte er seine Stimme erhoben, aber sein Vater hatte behauptet, er hätte ihn angebrüllt – gibt es bei uns etwa sowas wie Sippenhaftung? Brigittes Vater, angeblich schon im Sommer 34 Illegaler, doch um ein Bein und fast alle (auch die falschen) Ideale weniger geworden im Winter 43 ... Was geht mich denn *der* an, ich heirate doch nicht ihn, sondern seine Tochter.

Ansonsten war Steins Schwiegervater ein sanfter, in sich gekehrter Mann. Die wenigen Male, die Stein mit ihm zusammengetroffen war, waren sie (da sie beide nicht viel äußerten) ganz gut miteinander ausgekommen. Nur damals, als ihn Brigitte zum letzten Mal in Steins ehelicher Anwesenheit zum Abendessen eingeladen hatte – und Stein, schon heißhungrig nach Meldungen, die seine Befürchtungen bestätigten, hatte den Fernseher aufgedreht, um die tägliche Nachrichtensendung Zeit im Bild zu sehen –, war er, der Kriegsinvalide, auf eher unsanfte Art aus sich heraus gegangen. Laßts mir nur ja die alten Soldaten in Ruh! hatte er gesagt, und bei diesen Worten war er, zur Krücke wie zu einer Waffe greifend, aufgesprungen.

War das noch vor oder nach der Wahl? fragte Clarissa.

Die Wahl, mit der angeblich alles begonnen hatte.

Ich weiß nicht mehr, sagte Stein, vielleicht vorher, vielleicht nachher.

Das war einfach nicht mehr sein Bezugssystem.

Ganz anders damals: da ließ er kaum ein Radiojournal, ein Fernsehmagazin aus, das sich mit der innenpolitischen Situation beschäftigte. Brigitte, die das einerseits durchaus verstand, denn auch ihr, so hätte sie, darüber befragt, sicher gesagt, war die Entwicklung, die ihren Gang nahm, keineswegs egal und die persönliche Betroffenheit ihres Mannes gerade durch diese Entwicklung durchaus bewußt, fand das Bedürfnis, alle Meldungen darüber zwei- bis dreimal zu hören oder zu sehen, übertrieben und – ja: beunruhigend. Abgesehen davon, daß Steins in diesen Tagen, Wochen und Monaten sich bis zur Manie steigernde Unsitte, kaum daß er heimkam, sämtliche bei der Post angemeldeten Empfangsgeräte einzuschalten, ihr Familienleben störte. Und wenn Radio und Fernseher endlich abgedreht waren oder – nach Bundeshymne und Sendeschluß – freiwillig schwiegen, was tat dann Stein, statt mit ihr, seiner Frau, zu reden? Stein saß oder lag neben ihr, seiner Frau, und grübelte.

Darüber zum Beispiel: Es kam ihm nun immer unwahrscheinlicher vor, daß jener mutmaßlich betrunkene Mann wirklich betrunken gewesen sein sollte. Hätte er sich doch, um den Satz, den er gesagt hatte, zu sagen, gar nicht betrinken brauchen, geschweige denn müssen. Wurden doch Sätze wie seiner, in die kleine Öffentlichkeit der Trafik hineingesagt, nun fast täglich in eine viel größere Öffentlichkeit hinausgesagt und durch elektromagnetische Wellen verbreitet. Von Leuten, von sogenannten Verantwortlichen, die sich über den Verdacht der Trunkenheit, zumindest der ordinären, erhaben gaben.

Vor oder nach der Wahl? (Clarissa, beharrlich).

Stein zuckte die Achseln. Stein breitete die Arme aus. Stein schüttelte den Kopf.

Diese Wahl, so Clarissa, war ein Signal.
Ach was, diese Wahl! sagte Stein. Er fand die Fixierung darauf einigermaßen ärgerlich.
Daß *da*mit alles begonnen haben sollte ... Tatsächlich war dieser Irrtum ziemlich verbreitet. Er hatte das oft genug gehört und gelesen. Aber für ihn hatte alles ganz anders begonnen.
Früher? fragte Clarissa.
Er denke schon ... Ja, dieser Zwischenfall ... das sei früher gewesen.
Jetzt endlich glaubte Clarissa ihn zu verstehen:
Aber natürlich! Auch mit diesem mehr als peinlichen Zwischenfall, diesem sogenannten faux pas könne man den Beginn der bedenklichen Entwicklung ansetzen.
Das alles, könnte man sagen und schreiben, habe damit begonnen, daß dieser inzwischen (aber keineswegs aufgrund dieses Vorfalls) zurückgetretene Minister diesem Exmajor und Exsturmbannführer, oder was der gewesen sei, als dem letzten österreichischen Weltkriegsheimkehrer die Hand geschüttelt habe. Oder nein: nicht mit diesem Übereifer beim Händeschütteln (der allerdings bedingt gewesen sei durch eine instinktive oder wenigstens hereditär vermittelte Neigung zum Hackenzusammenschlagen, Strammstehen, einen hübschen Diener machen ...), wohl aber mit der öffentlichen Reaktion darauf. Nein, dachte Stein, doch, sagte Clarissa, mit der Reaktion auf diesen peinlichen Auftritt. Mit der Reaktion aus dem Ausland, mit der Gegenreaktion aus dem Inland, mit der Reaktion der Reaktion.
Nein, dachte Stein: er wußte es besser als sie. Womit

alles begonnen hatte. Wodurch alles ausgelöst worden war. Kleine Ursachen, große Wirkungen. Dieser Mann in der Trafik. Betrunken oder eher nicht. Der Satz, den der gesagt hatte. Da war ein Steinchen ins Rollen geraten, das hatte er (Stein) nicht aufgehalten.
Ja, dachte Stein: das hätte ich tun müssen. Den Anfängen wehren. Auf meine Weise. Zu meiner Zeit, an meinem Ort. Denn vielleicht hatte dieser Mann, betrunken oder nicht betrunken: was machte das dann für einen Unterschied (?), diesen Satz nur um seinetwillen gesagt. Und dieser anscheinend *gegen* ihn und seinesgleichen gerichtete Satz wäre, von einem gewissen Aspekt betrachtet zumindest, ein Satz *für* ihn gewesen.

Ich habe nur meine Pflicht nicht getan, sagte Stein.
Also doch, mißverstand ihn Clarissa, lassen wir doch alles mit diesem unglücklichen Satz von der Pflichterfüllung beginnen. Ich habe nur meine Pflicht getan – wie war das doch gleich? Dieser Satz, auf unselige Weise verquickt mit einem hierzulande inzwischen höchst repräsentativ gewordenen Unwillen, sich zu erinnern.
Nicht daß der Kandidat sich so schlecht an seine Vergangenheit habe erinnern können oder wollen, sei übrigens das Problem gewesen. Sondern, daß er so viele daran erinnert habe, daß sie ja auch nur ihre Pflicht getan hätten, was sonst. Alles andere konnte man, wollte man, sollte man endlich vergessen, den Angriffen aus für gewöhnlich zu gut informierten

Kreisen, die da noch immer, schon wieder, typisch: die Fäden zogen, zum Trotz. Gerade als Angegriffene, absurd, aber wahr, hätten nicht nur die gestrigen, nein auch die heutigen als die gegenwärtigen Österreicher ihre zwielichtige Vergangenheit bejaht und sich rehabilitiert gefühlt.

Stein fühlte sich *nicht* rehabilitiert als Angegriffener, im Gegenteil. Das Delikt, dessen er sich vor seinem seit Monaten schlaflosen Gewissen schuldig fühlte, hieß Notwehrunterschreitung. Und seine Schlaflosigkeit hatte damals begonnen. In jener Nacht, die dem Montagabend folgte, dem ihm und uns bewußten. An der Seite Brigittes, an der *Kehr*seite Brigittes, denn sie hatte sich von ihm abgekehrt. Nachdem sie sich erst ihm zugekehrt hatte, aber vergebens. Starr lag ihr Mann neben ihr, wie – genau: wie versteinert. Du liegst neben mir, aber, sagte sie / fragte sie, wo bist du?

Rückblickend hatte er den Eindruck, sie hätten bis dahin eine recht glückliche Ehe geführt. Der Spiegel, den er bei einem Altwarenhändler gekauft hatte, stand, an die Wand gelehnt, auf dem Boden, der neue Mieter war noch nicht dazugekommen, ihn aufzuhängen. War Marion schon im Bett gelegen, so waren sie noch beisammen gesessen in der Stunde der Vertrautheit. An der oberen Kante des Holzrahmens haftete aber inzwischen ein dichter Staubflaum, er stand also schon geraume Zeit so, der Spiegel, der Mieter. *Ich*, dachte Stein, von sich ab-, halb sich zugewandt. Wo bist du? Da bin ich! Bin

ich identisch mit mir? Valoßn valoßn, spöttelte der Großvater, wia dar Schtaa auf dar Schtroßn ... Sentimentalität des Homo alpinus, der du nicht bist.
Halt den Mund, sagte Stein, diese Vertrautheit war vielleicht schon etwas abgenützt gewesen. Manches glitt ab von ihrer da und dort glatt gewordenen Oberfläche, aber im großen und ganzen war sie intakt. War sie, genaugenommen, intakt *gewesen*. Das Imperfekt, nicht ganz perfekt, aber das heißt auch: nicht ganz vergangen, durfte man zur Beschreibung eines Zustandes, der in der Vergangenheit begonnen, aber inzwischen seinen Abschluß gefunden hatte, eigentlich auch im Deutschen nicht anwenden.
Was hast du denn? hatte Brigitte gefragt und: Was soll ich denn haben? hatte er geantwortet – kein ungewöhnlicher Dialog zwischen seit Jahren verheirateten Eheleuten. Und dennoch – er hatte verschwiegen, worauf es ankam. Hatte er sich geschämt? Ja. Hatte er Angst gehabt? Ja. Stein ertrank in Scham und Angst. In diese Scham, diese Angst wollte er seine Frau nicht hineinziehen.
Es ist nur ein Knoten im Anfang, aber dann breitet es sich aus ... Es ist wichtig, hatte sein Vater gesagt, daß unsereins immer seinen Koffer gepackt hat ... Das war im Spital gewesen, sein Vater hatte nur mehr ganz schwach reden können: Man weiß nicht, was kommt ... Es ist nur ein Knoten im Anfang, aber wenn es dann Metastasen gibt, ist es zu spät.

Eine Weile hatte Stein noch gehofft, den Mann, der jene Worte gesagt hatte, wieder zu treffen. Nicht mit Marion, nein, das hatte er gefürchtet, sondern während Marion tanzte. Obwohl ihn das Überwindung kostete, betrat er die Trafik bei der U-Bahn-Station Schottenring, kaufte Zeitungen, Zigaretten, lungerte lesend, rauchend um den Kiosk herum. Vielleicht kam der Mann zurück, zufällig oder magnetisch angezogen von Steins Schuldbewußtsein.

Und? hatte der Großvater gesagt, gesetzt den Fall, er taucht auf – was würdest du dann tun?

Zur Rede stellen würde ich ihn, sagte Stein.

Ich bitt dich, hatte der Großvater gesagt, was erwartest du dir davon?

Dann ließe sich, dachte Stein, vielleicht alles noch korrigieren.

Stein sah das manchmal in seinem Kopf, wie im Kino:

Er sprach den Mann an, heftig, aber sachlich – und schon (das ersparte ihm das Ausmalen eines detaillierten Wortlauts) lief der ganze Film rückwärts. Wodurch die ganze Geschichte komisch wurde, die private sowohl wie die öffentliche. Und wenn sie dort endete, wo sie begonnen hatte, sodaß die Anfangsszene die Schlußszene war (Innen, Abend: Stein verläßt mit seiner Tochter Marion an der Hand rückwärts die Trafik) dann könnten alle befreit auflachen.

Dann wäre alles, als wäre nichts gewesen, das heißt: wieder gut. Ein Wort gilt das andere, ein Satz wiegt den anderen auf, Wort um Wort, Satz um Satz. Aber die Wochen vergingen von Montag zu Montag, und Stein wartete vergebens. Anscheinend wohnte der Mann nicht in der Gegend, offenbar stieg er hier auch nicht regelmäßig um, jedenfalls nicht in der Zeitspanne von Marions Tanzstunden.

Und dann (und akkurat dort) sprach Clarissa ihn an.

Diese Kontaktaufnahme an ausgerechnet diesem Ort hat der Dozent, der Stein später behandelte, bezweifelt. Zu konstruiert erscheine sie ihm, zu sehr eine Ausgeburt stilisierender Phantasie. Er sei, ehrlich gesagt, überhaupt skeptisch in bezug auf diese Clarissa, wer wisse, ob diese Clarissa irgendwo anders als in Steins Kopf existiere.

Diese These hätte sich Stein verbeten. Diese These verbat sich auch seine Frau. Ihr wäre es lieber gewesen, es hätte diese Person nie gegeben. Aber sie wußte leider, daß es sie gab.

Nebenbei bemerkt, gehörte es zu Clarissas Recherchenarbeit, Leute auf der Straße anzusprechen. Für den Fall, daß sie antworteten, hatte sie sogar ein Tonbandgerät. Die meisten antworteten allerdings nicht, sie kamen von wo, sie mußten wohin, sie hatten (die beliebteste Ausrede) keine Zeit. Stein, um den Kiosk herumstehend, machte hingegen den Eindruck, daß er Zeit habe.

Wieso hast du damals gerade mich angesprochen? fragte Stein später trotzdem.

Womöglich, antwortete Clarissa mit ihrem Akzent, den er aufs erste nicht eindeutig identifiziert hatte, aber er war ihm, in einem Sinn, den er erst später verstand, sympathisch gewesen, womöglich weil sie ihn wiedererkannt habe als ihresgleichen.

Nein, wehrte sich Stein. Das sei doch ein Mythos. Blut ohne Boden.
Na jedenfalls, sagte sie, sei es kein Zufall gewesen. Glaubst du, es gibt Zufälle?

Daran zweifelte Stein allerdings, daß es Zufälle gab.
Seit jenem Zwischenfall, mit dem für ihn alles begonnen hatte, zweifelte er daran.
Seit jenem Zwischenfall, mit dem seither alles in Beziehung zu stehen schien, auch – und besonders – die Beziehung zu Clarissa.
Und doch: auch mit ihr gelang es ihm nicht, darüber zu sprechen.
Unverschlüsselt. Nicht nur andeutungsweise.
Das, sagte der Dozent, der Stein später behandelte, sei ein ganz typisches Symptom.
Da Clarissa gekommen war, um die böse Entwicklung zu recherchieren, zu analysieren, sprach er mit ihr fast unausgesetzt darüber.
Doch über seine Schuld, seine, wie er es inzwischen bei sich nannte, *Initialschuld* an dieser Entwicklung sprach er auch mit Clarissa nicht.
Nur mit dem Großvater. Hier in der alten Wohnung.
Daß er hierher gezogen war, schien allerdings am allerwenigsten Zufall zu sein.
Er hatte Annoncen studiert, Realitätenbüros aufgesucht, Vermittlungsgebühren bezahlt. Aber abgesehen davon, daß es schwer gewesen war, etwas auch nur einigermaßen Akzeptables für einen unversehens wieder einzelnen, Vereinzelten zu finden – die

meisten Wohnungen waren ihm schon beim Übertreten der Schwelle unsympathisch gewesen.
Ganz anders die hier. Obwohl (oder weil?) sie so alt war.
Marion hatte Sinn für den Reiz des Widerspruchs: Deine neue Wohnung ist eine alte Wohnung.
Die meisten Wohnungen, sagte Stein zu Clarissa, hätten ihn gleich beim ersten Blick, den er in sie hineingeworfen habe, abgestoßen.
Diese hier nicht. Sie habe ihn angezogen.
Das Licht, sagte Stein, sei vermutlich der Grund gewesen. Der Grund, warum er die Wohnung genommen habe. Das Licht in den kleinen, noch vollkommen leeren Räumen. Ja, dieses Licht, schrieb Stein, war das Allerschönste. Dieses Licht sei indirekt eingefallen. Reflektiert von dem schrägen Dach vis-à-vis. Ein warmes, fast rosenfarbenes Licht, wie von einem Kamin. Das Dach vis-à-vis sei frisch gestrichen worden, und das sanfte, matte Rot sei die dabei verwendete Grundfarbe gewesen.

Das Licht, sagte der Großvater, der sich, was der Vermieter nicht ahnte, nicht ahnen durfte, inzwischen als U-Boot hier einquartiert hatte, das Licht war im Anfang. Aber es hat sich nicht fassen können als sein eigenes Gefäß. So ist es zersprungen, das Licht, in zahllose Splitter. Und gefallen ist es, gefallen in diese Welt, die nur ein anderer Zustand des Lichts ist (vorwiegend dunkel). So ist es gefangen wie das Wasser im Eis. Doch können wir sagen, daß das Wasser im Eis gefangen ist – ist das Eis nicht selbst Wasser? So auch das Dunkel und das Licht, so

auch der grobe Stoff und der feine. Scheint aber die Sonne, die erst alles im Licht erscheinen läßt, so ist alles Erscheinen Widerschein.
Ja, dachte Stein, zwischen drei und halbvier jetzt im Winter. Wenig. Zu wenig. Ich könnte mehr Licht vertragen. Wir können allerdings, sagte der Großvater – die Toten haben fixe Ideen – das Unsere dazutun, die Lichtsplitter freizusetzen. Von wegen, dachte Stein – wenn er sich weit genug aus dem Fenster beugte, sah er in der Riege der anderen alten Häuser den etwas zurückversetzten Gemeindebau anstelle der Synagoge.
Weißt du eigentlich, hatte Clarissa gesagt, als sie ihn zum ersten und einzigen Mal besuchen gekommen war, daß du jetzt direkt neben einer Synagoge wohnst? Sie meine natürlich (was man nicht alles *natürlich* nennt), die Synagoge sei zerstört worden, aber der Gemeindebau stehe auf ihrem Grund. 1938 habe man die Synagoge verbrannt, 1939 (man war damals gründlich) habe man die Grundmauern gesprengt. So sei nichts mehr übrig von ihr. Und zwar nicht einmal eine Gedenktafel.
Das Licht, das vom Dach vis-à-vis reflektiert wurde: grün. Ein kühles Licht, dachte Stein, ein fast schattiges Licht. Stein war aber froh, daß man die Grundfarbe überpinselt hatte. Das rosenfarbene Licht hätte er jetzt kaum ausgehalten.

Clarissa zeigte Stein seine eigene Stadt. Vom Schottenring, wo sie einander begegnet waren, gingen sie kreuz und quer durch ein Wien, das Stein kannte und doch nicht kannte: *so* nicht. Hier lebte er nun seit sechsunddreißig Jahren, bewegte sich oder wurde bewegt durch Straßen und Gassen, die ihm inzwischen als *seine* Umgebung ganz selbstverständlich erschienen, eher zwei- als dreidimensional: das Brett, auf dem sein Alltag gespielt wurde. Und dann kam Clarissa, wer weiß woher zugereist, und mit dieser Selbstverständlichkeit, diesem Blick, der nicht aufwärts noch abwärts, kaum rückwärts, sondern immer nur vorwärts schaute, zwei Felder maximal, mit dieser Unbefangenheit des Ganz-simpel-hier-und-nicht-irgendwo-anders-Seins, machte ausgerechnet sie ihm Schluß.

Das heißt: soweit von Steins Unbefangenheit bezüglich seiner Umgebung in den Wochen und Monaten, bevor ihn Clarissa ansprach, wirklich noch die Rede sein kann. War doch zumindest der Platz, an dem er sie traf / sie ihn traf, der Platz vor der U-Bahn-Station Schottenring, seit damals, seitdem jener Satz ihn getroffen / betroffen hatte, ein Platz mit zumindest doppeltem Boden für ihn. Dieser Boden konnte nachgeben und Stein fallen lassen, wer weiß in welche Grube. Und er seinerseits konnte den Boden unter den Füßen verlieren und entschweben, wer weiß in welche Luft.

Stein war also vorbereitet auf diese Begegnung. Nicht in dem Sinn, daß er Clarissa – oder jemand wie sie – erwartet hätte, aber in dem Sinn, daß er für sie – oder jemand wie sie – *bereit* war. Auch in bezug auf eine sogenannte Beziehung? Ja, wahrscheinlich auch in bezug darauf – aber das ist eine diffizile Frage.

Brigitte wollte sie dennoch beantwortet haben.

Geht dir bei mir etwas ab, glaubst du, bei anderen kannst du das finden: eine Nähe, die einmal *da* war und jetzt *weg* ist? Nein, sagte Stein, *das* nicht, sagte Stein, Stein wand sich. Die Beziehung zu *ihr*, zu Clarissa, war schwer zu erklären.
Das *Verhältnis* zu ihr, zu Clarissa, sagte Brigitte.
Nein, sagte Stein. Womöglich *hatten* sie ein Verhältnis, Clarissa und er, aber es war ein Verhältnis ganz anderer Art. Das auch noch, so Brigitte, das kennt man, so Brigitte, hör auf! Mach mir nichts vor und mach dir selber nichts vor!
Schön, wenigstens jetzt, durch einige tausend Häuser, einige hundert Straßen, ganze zwei Bezirke auf dem Stadtplan, den Steins Vormieter hinterlassen hatte, getrennt von seiner Frau, wollte sich Stein nichts mehr vormachen. Gewiß, er hatte Clarissa zuletzt auch begehrt, aber zuerst war da etwas anderes gewesen. Nicht wiedererkannt als seinesgleichen hatte er sie. Aber sobald sie sich ihm zu erkennen gegeben hatte, da hatte er sich, einer gewissen trotzigen Abwehrhaltung, die er anfangs noch eingenommen hatte, entgegen, zu ihr hingezogen gefühlt.

Sinnlos, erklären, differenzieren zu wollen.
Ich hab euch gesehn, sagte Brigitte, einmal, als ich zufällig in der Gegend war und mir gedacht hab, da kann auch ich Marion vom Tanzen abholen. Da seid ihr gegangen, wie ein Liebespaar geht. Genau auf die Art, wie Liebespaare gehen, genau auf den Wegen, die Liebespaare gehen, genau wie in einem von diesen kitschigen Wienbüchern ...!

Wo? fragte Stein. Die Treppe hinauf zur Mölkerbastei. Ach ja, zum Exempel: dort oben wartet eine Gaslaterne, zwar elektrifiziert, aber das ist Wien, wie es im Buch steht. Eine Amsel pfeift, ein Baum rauscht, ein halb geöffnetes / halb geschlossenes Fenster spiegelt den Abend. Und Gottes goldnes Aug, zwar ein Dreieck, aber die Strenge der Form barock bis biedermeierlich umschmeichelt, sieht mild, daß alles halb so wild ist, und folglich sieht es (nichts Menschliches ist ihm fremd) über alles hinweg.
Sag ma, es war nix – so hätt ma's halt gern: in Wean. *Wien, eine Stadt stellt sich vor*, Schubert kann nichts dafür. Gleich um die Kurve, ums Eck, sein zu großer Bruder. *Beethoven wohnte / in diesem Hause* (sogar *wiederholt*). Blick auf das Liebenbergdenkmal (von hinten) und Blick dran vorbei. *Seinem in äuszerster Bedrängnis durch Muth und Ausdauer voranleuchtenden Oberhaupte, das dankbare Wien.* Der Rektor Prof. Ernst Späth und der akademische Senat der Wiener Universität haben gestern an den Bundeskanzler Dr. Seyß-Inquart folgendes Schreiben gerichtet. (Fraktur): Die Wiener Universität als Vorposten der Deutschen Kultur beglückwünscht Sie zur Übernahme der Regierung und bittet Sie und die Mitglieder der hohen Regierung, der vollen Ergebenheit und Treue der Universität Wien versichert zu sein.
Zitierte Clarissa, immer ein Buch in der Hand. Wie es im Buch steht: *Wien zwischen 1938 und 1945*. Immer ein Buch in der Hand, immer die ausgebeulte Umhängetasche mit ihren *schrecklichen* Büchern und natürlich (für alle Fälle) dem Tonband zwischen

sich und Stein. Genau auf den Wegen, die Liebespaare gehen, genau auf die Art, wie Liebespaare gehen – was für eine tragikomische Fehldeutung!
Ja, vielleicht *gingen* sie damals genau diesen Weg: Die Treppe zur Mölkerbastei hinauf, durch die Schreyvogelgasse hinter dem Liebenbergdenkmal vorbei, mit Blick auf den Ring hinunter. Oder sie wandten sich auch in die andere Richtung, gingen die Schreyvogelgasse bergab, statt bergauf, kamen in die Teinfaltstraße. Dort, sagte Clarissa, sagte sie dieses oder ein anderes Mal, dort war das *braune Haus*, die Kaserne der SA-Truppen.

Kamen sie auf die Freyung und wollten sie weiter, etwa zum Platz Am Hof, so war das beschwerlich. Da mußten sie über Holzstege balancieren, Clarissa und Stein, links in die Renngasse hinein, rechts wieder aus der Renngasse heraus, unter ihnen klafften Abgründe. War net Wien, wann net gråd / aufgråbn wurdt in der Ståd: Sieht aus, als wären hier Archäologen am Werk, aber das ist nur Arbeitsplatzbeschaffung. Sie sollten, sie müßten schon eine besondere Art von Archäologie treiben, meinte Clarissa, die Wiener – daß sie statt dessen fortwährend die Straßen aufreißen und wieder zuschütten, ist eine typische Ersatzhandlung.
Als würden sie anderswo, sagte Brigitte, die Straßen *nicht* aufreißen und wieder zuschütten. Aber gerade hier, sagte Clarissa, in der Stadt Sigmund Freuds, fällt das auf. Was will denn die hier, woher kommt denn die? fragte Brigitte. Aber es ist schon so, sagte Clarissa: Sie haben auch Freud in die Emigration

getrieben und nicht einmal seinen Geist wieder eingebürgert.
Das Wien, das die herzeigen wollen, sieht anders aus. Grand City Tour: Hofburg & Stallburg, Belvedere Castle, Schönbrunn ... Spanish Riding School, Vienna Boys Choir & Tombs of the Habsburgian Emperors ... Panorama Tour: Vienna Woods, Mayerling, Heiligenkreuz, with Waltzes of Johann Strauß ... Ja, falls sie von der Mölkerbastei hinter dem Liebenbergdenkmal hinunter gestiegen waren, dann wären sie vor den Fenstern dieses Reisebüros gestanden. Panoramatour: Kahlenberg, Leopoldsberg, including UN-City and Visit beim Heurigen (Viennese Gemütlichkeit). Giro speciale in italiano: La Vienna di Otto Wagner & Josef Hoffmann. Illuminated Vienna, Vienna at night (Grand City Tour for the night owl, including night club).

Eine gewisse Schicht der Vergangenheit, sagte Clarissa, die gekommen war, um sich damit zu beschäftigen, haben die nie im Programm. *Natürlich* nicht, sagte sie, aber das ist *selbstverständlich* verlogen. Ist diese Schicht doch die jüngste, die unmittelbar unter der Gegenwart, man braucht kaum danach zu graben. Und gibt es tektonische Schwankungen, so kommt sie von unten herauf gleich wieder zum Vorschein.
Schau, sagte Clarissa – wo war das, vielleicht im Café Landtmann, draußen fiakerte der Ring vorbei –, daß bei diesem Parteitag in Klagenfurt, nein: Salzburg, alles eins: Innsbruck die *Alten* den neuen Chef ihrer bis dahin ohnedies nur unglaubwürdig

liberal verkleideten Partei als einen der ihren und dem Vernehmen nach mit zum sogenannten Deutschen Gruß gesteiftem rechten Arm akklamiert haben, ist ja schon schlimm genug. Aber gewählt worden ist diese Partei, ist dieses Verführerlein mit dem Heimatfilmgesicht ein paar Monate später österreichweit von den *Jungen*. Statistiken, sagte Clarissa, Wahlanalysen. Es sind nicht die von vorgestern, weißt du, es werden die von morgen sein.

Sie habe es, so Clarissa, ja auch nicht glauben wollen, als sie mit einer gewissen, historisch bedingten Sympathie für diese Stadt hierher gekommen sei. Wien ihres Studiums wegen, gewissen Warnungen und Prognosen Bekannter, Verwandter und Freunde, die wußten, wovor sie beizeiten davonfuhren, zum Trotz. Es hätte nicht viel gefehlt, und sie wäre geblieben. Jetzt jedoch, nach der Entwicklung der letzten Wochen, Monate, sind es schon Jahre, jetzt sei ihr Rückflug bereits so gut wie gebucht.

Soll sie doch hinfliegen, wo sie herkommt, sagte Brigitte. Auch du, sagte Clarissa, solltest dir rechtzeitig darüber klar werden, was du tust. Willst nur ein guter Österreicher sein? – fragt sich halt nur, wie lang sie dich das noch lassen. Man muß sich das klarmachen, sagte Clarissa, hier braucht es Klarheit ohne falsche Sentimentalität.

Solche Klarheit: wollte Stein die gewinnen? Die scheinbare oder wirkliche Klarheit Clarissas? Zwar war er hierher gezogen, hatte er sich hierher zurückgezogen, um, wie der Großvater das nannte, zu *klären*, aber diese Intention hatte ihre Grenzen. Denn: wäre ein solcher *Gewinn* nicht vor allem *Verlust* gewesen? Nämlich: Verlust in mindestens zweierlei Sinn. Erstens hätte sein Vater dann recht behalten. Stein werde noch an ihn denken etc. Mußte Stein wirklich auch noch den Koffer packen? Richtig, er *hatte* bereits seinen Koffer gepackt. Aber doch nur, um vom dritten in den achten Bezirk umzuziehen, das war alles vorläufig. Redete Stein sich ein. Nur *vorläufig* hatte er seinen Koffer nicht wieder ausgepackt. *Vorläufig* war er hier. In einem *vorläufigen* Refugium ... Der zweite Verlust aber wäre viel größer gewesen. Marion! dachte Stein und dann gewiß auch: Brigitte! Ich hab meine Tochter hier, sagte er zu Clarissa. Und – trotz meiner Trennung von ihr – noch immer meine Frau.

Trotz *deiner* Trennung von *ihr*? – Die sarkastischen Einwürfe des Großvaters waren manchmal lästig. – *War* es nicht so? fragte Stein. Wie war es denn *wirklich*? Eines Spätabends im Bett hatte Brigitte ihn mit einer Leidenschaft umarmt, an die er sich, aus den frühen Jahren ihrer Ehe, nur mehr vage erinnerte. Oder nein: an eine Leidenschaft *dieser* Art erinnerte er sich nicht, diese Leidenschaft hatte tatsächlich etwas mit Leiden zu tun, und das Leiden hieß Zweifel, und die Leidenschaft wuchs aus der Verzweiflung.

Damals im Dunkeln erschrak er: so weit, dachte er, ist es mit uns gekommen. Aber wieso denn? War das nicht alles ein Mißverständnis? Und warum, grübelte er, kläre ich dieses Mißverständnis nicht auf? Über gewisse Dinge, sagte er zu Clarissa, kann ich mit meiner Frau nicht reden.

So? sagte Clarissa nur mäßig interessiert. Sie hatte nicht allzu viel über für private Probleme. Gestern, las

sie vor, kaum hatten sie sich aus der Tür des Café Landtmann herausgedreht, ist der bisherige Burgtheaterdirektor Hermann Röbelling zurückgetreten. Zu seinem Nachfolger wurde der bekannte Dichter Mirko Jelusich ernannt, über dessen weltanschaulichen Hintergrund als Basis künftiger Programmgestaltung keinerlei Zweifel besteht...
Dann gingen sie durch den Burggarten, rosenumduftet. Oder sie hatten den Platz *Am Hof* mit seiner Tankstelle, mit seiner Tiefgarage endlich erreicht, da roch es nach Benzin. Über den *Heldenplatz* brauchen wir gar nicht zu reden. Doch über den *Judenplatz*, sagte Clarissa, das könnte sich lohnen.

Zweifellos einer der schönsten Plätze von Wien... Wenn auch entsetzlich verparkt, das ist nicht das Problem... Umbenannt, wie so manch andere Plätze und Straßen... Wie hat dieser Platz 1941 geheißen?... Daß er jetzt wieder Judenplatz heißt, eine Form der Wiedergutmachung... Aber womöglich ist es nur eine Frage der Zeit, bis sie das Schild neuerlich auswechseln... Und daß sie grad *Lessing* in seine Mitte gestellt haben... Ein Denkmal aus schlechtem Gewissen, doch immerhin... Ihr sei, so Clarissa, der Lessing auf seinem Sockel schon lieber als etwa der Abraham a Sancta Clara... An der Pest sind nur die Juden schuld, am Krieg sind nur die Juden schuld, woran sind wir noch schuld?... Hier und jetzt:... Die Fassaden blättern ab... das österreichische Image... Wer ist da schuld dran? Na wer schon? Man darf es wieder sagen!... Laut. Und lauter. Man darf es auch wieder schreiben!... Groß.

Und größer ... Und warum sollte man es *nicht* sagen, warum sollte man es *nicht* schreiben? ... Wenn es doch wahr ist, daß sattsam bekannte! ehrlose! immer dieselben! Kreise! Gesellen! noch immer / schon wieder ...!

Lessing auf seinem Sockel, der Dichter des Nathan ... Wie halt die Wiener die Juden verstehen, wenn sie uns nicht gerade austreiben ... Als Bühnenfiguren deutscher Klassiker, vorausgesetzt, daß die in ihren Fernseh- und Videoköpfen überhaupt noch Platz finden ... Unlängst, erzählte Clarissa, habe sie eine entzückende alte Dame interviewt, die habe vom Nathan buchstäblich geschwärmt, allerdings in der Interpretation von Werner Krauss.

Aber das ist doch nicht wahr! protestierte Brigitte. Die pure Polemik: als ob diese Fernseh- und Videoköpfe ein spezifisch österreichisches Problem wären!

Wie wenig, so Clarissa, doch Lessings vieles, humanes Denken unter seinen Landsleuten bewirkt habe! Ja eben, so Brigitte, naive alte Kulturdamen gibt es bestimmt in Deutschland auch.

Wir, sagte Stein nationalbewußt, *sind* keine Deutschen.

Und glaubst du, fragte Clarissa, in Deutschland ist's besser?

Im Pantherbräu zeigte sie ihm einen Zeitungsartikel über eine, wie man las, alarmierend gut besuchte Neonaziveranstaltung in Passau. Auf dem dazugehörigen Bild eine gegen den Beschauer drängende Riege, nein Meute von schwarzledern uniformierten, mit allerlei Wehrmachtsemblemen behängten Skinheads.

Aber Geschichte, wehrte sich Stein, wiederholt sich doch nicht! – Muß sie sich wiederholen? fragte Clarissa. Genügt es nicht, wenn sie sich ab und zu ähnlich sieht? Manche Tendenzen, sagte Clarissa, kehren halt wieder.
Sie habe ein Buch über Quantenmechanik gelesen. Gewiß sei man darüber hinaus, die Gesamtheit des Geschehens in Paare einzuteilen, die zueinander in einer Beziehung von Ursache und Wirkung stünden, ein Geschehnis habe niemals nur *eine* Ursache. Doch hingen Geschehnisse kettenartig zusammen. Es ließe sich also nichts mit Sicherheit, aber einiges mit großer Wahrscheinlichkeit voraussagen. – Zwar fänden im Mikrobereich, zu dem man ja Österreich seit 1918 wohl rechnen müsse, immer wieder Vorgänge statt, die dem Beobachter keine kausale Deutung erlaubten. Aber die Existenz einer solchen Unschärferelation bedeute noch lang nicht, daß jenes Geschehen von A bis Z nonkausal sei ...
Natur und Geschichte (so Stein) sind doch nicht vergleichbar!
Das, sagte Clarissa, ist der Geschichtsoptimismus des vorigen Jahrhunderts.

Clarissas Klarheit, Clarissas Nüchternheit ...
Manchmal hatte Stein, dessen Resistenz dagegen nicht allzu groß war, dennoch das Gefühl, diese Nüchternheit zumindest verberge in sich: nicht gerade ihr Gegenteil, wohl aber ihr anderes. Eine Art von erfrorener Leidenschaft sei diese Nüchternheit, ja, warum nicht, Leidenschaft auch bei ihr, bei Clarissa, die erst recht etwas mit Leiden zu tun hatte,

So fühlte er sich, obwohl sie ihn eigentlich nicht verstand, nicht verstehen *konnte*, von ihr verstanden. An der Verschwisterung war etwas Wahres: Zuweilen aufschreckend fühlte er sich neben ihr her gehend, ihr gegenüber sitzend, tatsächlich wie ihr Bruder. Sie sei ihm in vieler Hinsicht *befremdlich* erschienen. Doch auf dem Grund dieser Fremdheit war eine *Verwandtschaft*. Diese Verwandtschaft war eine Sicherheit. Er meine: Der Mann, die Frau, die dir sonst auf der Straße begegnen, sie sagen nichts, sie drehen sich vielleicht nicht einmal nach dir um – aber bist du *sicher*? Sie sagen vielleicht *heute* noch nichts, drehen sich vielleicht erst *morgen* nach dir um, aber was machen sie *übermorgen*?
Ja, sagte der Großvater schlicht. Das kann ich dir nachfühlen.

Irgendwann verlor Stein seinen Halbtagsjob.
Ob das in Zusammenhang mit der Zerstreutheit, Abwesenheit und Gereiztheit stand, die, seit sie der Kollegin vom Nebentisch zum ersten Mal aufgefallen war, nicht ab-, sondern zugenommen hatte, will ich nicht entscheiden. *Persönliche* Gründe für die Entlassung wurden seitens der Firmenleitung jedenfalls in Abrede gestellt. Tatsache ist, daß damals, als die Hochkonjunkturphase, darüber konnte sich niemand mehr Illusionen machen, endgültig vorbei war, Einsparungen, Rationalisierungen, Abbauten als das Gebot der Stunde galten.
Stein deutete allerdings dunkel an, er wisse, *warum* . . .
Was?

Warum es gerade *ihn* träfe, Stein ... In Tagen der *Wende*. In denen gewisse Vorurteile zur Nachwirkung kämen. Ein kurzes Menschenalter lang in Latenz gehalten, nun aber wieder ins Manifeste entlassen, *losgelassen* durch bestimmte Personen und Ereignisse.
Wie bitte?
Nun, sagte Stein, es könnte ja sein, daß manchen Leuten meine Nase nicht gefällt. Und daß sie zum Kündigungsgrund wird im Lichte der jüngsten Entwicklung.
Ach was, sagte die Kollegin gereizt, so ein Blödsinn!
Da schaun Sie (sie schlug mit der flachen Hand auf den blauen Brief, den sie bei diesen Worten vorwies) – mich trifft es ja auch!

Was wird jetzt werden? hatte Brigitte gefragt.
Zwar hatte sie ihren Beruf (sie war technische Zeichnerin), und Stein würde für ein halbes Jahr die Arbeitslosenunterstützung bekommen, sie mußten nicht verhungern. Und trotzdem, fand sie, mußte sie fragen – um Marions willen. Was sie störte, verstörte, war Steins Lethargie.
Ist dir das alles, fragte sie, völlig egal?
Nein, sagte Stein. Überhaupt nicht. Im Gegenteil!
Ja aber, sagte Brigitte, was tust du dann nichts?
Er war, so Brigitte, wie unter Drogen. Hypnotisiert.
Dann tat er etwas. Rasierte sich seinen Bart ab. Tatsächlich behauptete er, daß damit etwas Wichtiges getan sei.

Wollte er sich über sie oder die triste Lage, in die sie miteinander geraten waren, lustig machen – dagegen sprach der hilflose Ausdruck seines altgewordenen Kindergesichts. Brigitte erinnerte sich daran, wie er, aus dem Badezimmer kommend, vor ihr gestanden war, an einer der ungewohnt blassen Wangen ein wenig blutend, hinter dem anderen Ohr eine Flocke Rasierschaum.

Stein aber erinnerte sich daran, wie er und Brigitte eines Abends noch in der Küche gesessen waren. Marion hatte bereits geschlafen, doch sie hatten noch einen Imbiß gegessen (Käse und Brot) und (getrunken hatten sie einen Schluck Wein dazu) miteinander geredet. Er erinnerte sich nicht mehr daran, *wovon* sie geredet hatten, aber *daß* sie geredet hatten, *miteinander* geredet hatten, diese Erinnerung war schön. Gut möglich, daß ihm Brigitte gewisse Vorwürfe gemacht hatte, doch diese Vorwürfe waren sehr weit im Hintergrund seines Bewußtseins, des *reproduzierten* Bewußtseins, während im Vordergrund dieses Bewußtseins Brigitte saß und den Mund, den er gern hatte, auf und zu machte, und sie war ihm sehr sympathisch.

Und dann fiel ihm ein, wie sie an einem der letzten gemeinsamen Sonntage ins Belvedere gegangen waren. Er, Marion und Brigitte – eine *Familie*. Und obwohl er noch wußte, daß sie vom Eingang am Gürtel bis zum schmiedeeisernen, löwenflankierten Portal miteinander gestritten hatten, leise, aber heftig, Brigitte und er, während Marion, davon scheinbar unberührt, im Wechselschritt voraushüpfte, war diese Szene ihm traut. Die Sonne schien, und im Teich schwammen Enten, wenn nicht Schwäne, Marion setzte sich rittlings auf eine geflügelte Sphinx, und im Marmorsaal des Schlosses da oben hatten die Außenminister der sogenannten Signatarmächte den Staatsvertrag unterzeichnet.

War Steins kleine Vergangenheit, die anheimelnde, die gemütliche, wie er sie jetzt im Rückblick sah, ganz einfach vergangen, simple passé? Während oder *weil* die sogenannte große, mit der man, wie sich nun zeigte, nicht fertig geworden war, nicht abschließen konnte, sie einholte? Sich über die Schulter schauend reflektierte Stein seine Zeit (sich selbst). Er schrieb etwas auf, aber schrieb es in Spiegelschrift.

Ja, er schrieb viel, seit er hier mit sich selbst allein war. Machte es etwas aus, ob er lateinisch schrieb oder cyrillisch? Ob er von links nach rechts schrieb oder von rechts nach links? Deutsch oder hebräisch (wobei ihm sein Großvater zur Hand ging)? Aus dieser Einsamkeit heraus, in diese Einsamkeit hinein schrieb er, die er sich nachträglich zurechtrationalisierte, als hätte er sie gewollt. Als hätte er sie sich buchstäblich auferlegt – womöglich sogar, um eine Art Opfer zu bringen. Eine Art Opfer? sagte der Großvater. Nebbich! Dort ist die Tür, sagte der Enkel, und dort, sagte der Großvater, ist das Fenster.

Das Fenster, durch das dieses grüne Licht einfiel ...

1. Bei Grünlicht ist der Automat sofort benutzbar;
2. Sitz durch Drehen so einstellen, daß die Augenhöhe mit der Pfeilhöhe übereinstimmt,
3. 4 × 10 Schilling einwerfen, die Bilder werden an der Außenseite des Gerätes in ca. 10 Minuten ausgestoßen.

Clarissa, sehr ernst, en face und im Halbprofil. Im Blitzlicht ein seltener, heller Moment: da hätte sie gelacht. Doch dann fiel ihr Blick auf den unteren Rand des Spiegels. Sauber geschrieben stand da: *Juda verrecke.* Clarissa war sitzen geblieben. Jetzt erst recht. Doch auf dem Foto biß sie sich auf die Lippen. Wie die schon dreinschaut! Die findest du schöner als mich? Diese Frau, was will sie da? fragte Brigitte.

Hatte Brigitte gefragt. Aber mit dieser Szene war Stein nicht fertig geworden. *Ist* Stein nicht fertig geworden. *Ist* Stein nicht fertig. Ja, Präsens: Was macht sie da, diese ... diese *Person.* Was will sie bei uns? Was will sie von dir? Woher kommt sie? Was hat sie denn, was ich *nicht hab*, sag schon, na trau dich! Einen größeren Busen, einen kleineren Hintern? Ah ja, ihre Abstammung ist es, klar, ich war blind! A jiddische Mame. Du und dein Mutterkomplex!

Gib mir sofort die Fotos, sagt also Stein. Gib mir sofort diese Fotos! (das, zweifellos, schreit er). Und: Schrei mich nicht an du, schreit Brigitte zurück. Und wirft ihm die Fotos dieser *Person* vor die Füße.

II

Jetzt ist die Gegenwart. *Ich* bin die erste Person. Familienname: Stein. Vorname: Max. Datum und Ort der Geburt – ? Quebec, Canada, 27. April 1945, sage und schreibe. Beruf: Angestellter. Wohnort: Wien. Staatsbürgerschaft: Österreich / Autriche / Austria.

Personsbeschreibung. Signalement. Description of Bearer. Größe: 1.72. Farbe der Augen: blau. Besondere Kennzeichen: keine. Letzteres ist natürlich ganz einfach nicht wahr. Was doch die Bürokratie ganz einfach nicht wahrnimmt!

Besondere Kennzeichen: keine – so hätten sie uns gern. Das Zeichen der Auserwähltheit / das Mal auf der Stirn. Polizeilich ist beides (eins?) nicht erfaßbar. Ist beides eins? Auf dem Paßfoto sieht man *gar nichts.*

Übrigens auch nur ein Automatenfoto (vergilbt). Bis zum 27. April 1988 sollt ich mir aber ohnehin einen neuen Paß lösen (fraglich). Farbe der Augen: blau – das ist allerdings auch fraglich. Hängt von der Stimmung ab: blau, wenn der Himmel blau ist, aber: wann ist er das schon?

Hier und jetzt ist er grau. O Gott, dieser Nebel! Darf nun gestartet werden oder darf nicht? Grau – der Espresso schmeckt übrigens grau-en-haft. Warum ich noch immer den Paß vor mir liegen hab, wissen die Götter.

Größe 1.72? Ist auch zu bezweifeln. Mittelgroß nennt man das wohl. Ich glaube, daß ich klein

wirke. Zwar versuche ich, nach wie vor aufrecht zu gehn. Aber wenn ich mein vage verdoppeltes Spiegelbild etwa in einer Schaufensterscheibe (verzögert) erkenne – dann seh ich mich klein und warum so gebeugt und erschrecke.
Und dabei *hab* ich mich doch bis vor kurzem (schon längerem) noch ziemlich wohlgefühlt in meiner österreichischen Haut! Und schaff es auch jetzt nicht (wie sich soeben erweist, nein *erwiesen hat*), ganz einfach heraus, nein *hinaus* zu fahren aus ihr. Ich *hätte* mein Visum. *Ich* stehe nicht auf der Watchlist. Zurückfliegen – stimmt, Clarissa – könnt ich noch immer ...
Hab ich jetzt widerstanden? Einer Versuchung? Oder bin ich ganz einfach ein Idiot? Vielleicht flieg ich später, Clarissa. *Wann, wenn nicht jetzt*? Nein, Clarissa, jetzt ist es noch nicht *soweit*! Für *mich* nicht soweit wie für *dich*, wie steht es für *uns*? Wie hat mein Vater gesagt? Für *unsereins* ...? Was ist das wertvollste Wertpapier? Ein ausländischer Paß! Ein Witz aus dem Februar '38, den mir der Großvater erzählt hat.
Aber wir schreiben jetzt '87. Und Mai. Auch wenn es zuweilen wirklich kaum danach aussieht. Nun ist die Maschine doch noch geflogen, das hab ich gehoffürchtet. Abgeflogen, schräg in den Himmel gefahren, hoffentlich – nicht in die Luft gesprengt.

Notier ich mir das, notierte sich Stein in der Snackbar. Am Schwechater Flughafen bin ich gewesen, war ich. Schreiben: ein Rollenspiel – aber Spiel ist in diesem Fall untertrieben. *Alles* gehört von einem

gewissen Zeitpunkt an *zur Geschichte*. Beziehungswahn: ein Verfahren, eine Verfassung. Auf einmal scheint alles von *Bedeutung* zu sein. Auf einmal paßt alles in diese Geschichte, in diesen Kontext. Aber ist das ein Wahn, oder ist das die Wahrheit?
Auch das könnte Stein sich notiert haben, früher / später. Nun aber fuhr er zurück mit dem Taxi, zurück in den Nebel. Clarissa war mutmaßlich *über* dem Nebel, im Klaren. Doch von hier unten wollte das Grau sich nicht heben.
Fragte der Fahrer: Sind Sie ein Italiener?
Graues Haar unter der Kappe über dem etwas zu festen (nicht feisten) Nacken, gemütlich.
Nein, sagte Stein, noch nicht ganz wieder *da*, warum?
Ich hab nur gedacht. Sie haben so einen *relativ dunklen Teint*.
Pause.
Ist aber eh besser, sagte der Fahrer.
Was ist besser?
Daß Sie kein Itaker sind.
So, dachte Stein und warum, das fragte er gar nicht.
Aber der Taxler wollte es trotzdem erklären.
Die *Itaker* nämlich: konnte der Taxler nicht leiden. Die *Katzinger*. Weil dieses Volk: nichts arbeiten wolle. Weil es halt: jede Anstrengung scheue von je her. Das sei doch ein Volk von: geborenen Tachinierern. Er wisse, sagte der Taxler, wovon er rede. Er sei nämlich früher Fernlastfahrer gewesen. Doch wenn er, sagte er, je wieder fernfahren sollte – nur unter einer Bedingung: nicht nach Italien!

Das Land wär ja schön dort, aber die Leut, die *Leut*! Arbeitsscheu aufdringlich schmutzig verlogen verstohlen. Hinterhältig! (Stein fühlte sich eng im Hals.) *Zweimal* schon hat dieses *Judasvolk* uns verraten!

Stein hatte den Eindruck, als habe er das schon gehört. *Voraus*gehört – just die zuletzt gesprochenen Worte. Gab es das – *Hellhörigkeit*? Vielleicht eher als *Hellsicht*? Oder hatte ein *Starkolumnist* darüber geschrieben? (Die Enge im Hals, angustia auf lateinisch ...) Hören Sie, sagte Stein krächzend – der Taxler lachte. Wollen Sie, fragte er freundlich, ein Hustenzuckerl? Nein, hören Sie, krächzte Stein, ich mag das nicht hören!

Ah so? sagte der Taxler. Naja, sagte der Taxler. Das ist halt alles eine Mentalitätsfrage ... Wollen Sie *Radio* hören? Stein sagte: Nein, danke. Stört es Sie, wenn ich rauche? Nein, rauchen Sie nur. Dann war eine Weile Stille. Der Taxler taxierte. Auch Stein sah zuweilen ein Stück des Fahrers im Rückspiegel. Ein Auge mit Fältchen herum, eine den Mundwinkel überbordende Schnurrbartspitze. Wieder der Eindruck von vorher: gemütlich, launig. Doch auf die Dauer konnte der Taxler nicht schweigen.

Genau diesen Weg, sagte er, als sie *(Willkommen / Welcome / Bienvenu / Benvenuto)* die Stadtgrenze passierten, ist damals vor ein paar Jahren der Schranz gefahren. Der Schranzkarl, sagt Ihnen der Name etwas, ein österreichischer Schifahrer. Der beste damals, damals der beste der Welt. Aber sie haben ihn nicht gewinnen lassen wollen bei den olympischen Spielen drüben in Japan. Die haben ihn regelrecht

ausgeschlossen, die *andern*. Das heißt eben *nicht* regelrecht, weil diese andern, die haben sich auch nicht an diese Regeln gehalten, die notigen Amateurregeln. Eine *Verschwörung* war das, sagte der Taxler. Gegen den Schranz, gegen *unseren* Schranz, eine regelrechte *Weltverschwörung*! Aber mit *uns* kann man sowas nicht machen, verstehn S'? Für uns war der Karli, der Schranz, der *moralische* Sieger! *Ein* Spalier vom Zentralfriedhof da bis hinein auf den Ring. Und dann auf dem Heldenplatz, also das war beinah –
Stein unterbrach ihn (immer noch heiser): Ich weiß.
Ah so? sagte der Taxler, ah was? staunte der Taxler, san S' eh a Österreicher? Na bravo, na bestens – aber warum sagen S' denn das net gleich? Wir Österreicher müssen zusammenhalten!

Beim Schwarzenbergplatz, zwar verfrüht, aber durch den Stau motiviert, entschuldigt, stieg Stein endlich aus. Mit dem gesunden Vorsatz, ein Stück zu Fuß zu gehn. Dochdoch, er hatte gewiß einen Koffer bei sich. Nur war der so leicht, daß es schwerfällt, nicht an der Ernsthaftigkeit seines Fluchtplans zu zweifeln. Daß er nicht allzuweit kam, lag an etwas anderem. Einfach unerträglich, schrieb er, der *Lärm*. Notiert er: In meinem Kopf *tost* der Straßenverkehr. Wo immer ich hingehe, Preßluft*hämmer* und Preßluft*bohrer*.

(Notiz aus einem Café, dessen Name egal ist.)
Das wäre wohltuend: Stille, Entspannung, Ruhe.

Finde ich aber nicht, *hypersensibel*, wie ich geworden bin, leide ich auch unter leisen (den leisesten) Geräuschen. Das Tropfen der Wasserleitung bei Nacht, zum Beispiel – wenn es mich (was in letzter Zeit immer häufiger vorkommt) einmal geweckt hat, kann ich nicht mehr einschlafen.

Meine Nerven *liegen frei*, aber vielleicht, denke ich, ist es richtig (und wichtig), daß sie – in Zeiten wie diesen – freiliegen. Der Horcher an der Wand hört seine eigene Schand, aber ist diese Schand, die ich, wo immer ich hinhorche, höre – ist das wirklich meine eigene? Stimmt schon, die beiden Damen da in der Nebenloge haben bei meinem Eintritt (nach einem freien Tisch suchend, bin ich zweimal an ihnen vorbei gegangen) aller Wahrscheinlichkeit nach *über mich* gesprochen. Da schaun S' Ihnen *den* an! hat die eine zur andern gesagt, und: *Jessas*, hat die andere der einen in ihrem schon im Tonfall der Aufforderung enthaltenen negativen (entsetzten, empörten) Urteil beigepflichtet: *Wie der Moses*! Nun kann sich das zwar auch auf jemanden andern bezogen haben, der in demselben Augenblick draußen vor dem Fenster, durch das die beiden immer noch schauen, *die Leut ausrichtend*, vorbeigegangen ist und diese Bemerkung gar nicht gehört hat. Wie dem auch sei, wäre sie, wenn man es recht bedenkt, ja eigentlich gar keine Schande, sondern eine enorme, fast blasphemisch hohe Auszeichnung. Wie der Moses! Schön wär's, ich wollte, es wär so! Aber so war das sicherlich nicht gemeint.

Zum Nachweis dessen weiter im Dialog:

Jetzt schaun S' Ihnen *den* an!

Und *die*, ich bitt Ihnen, *die*!
Falls es (erwägt die eine) nicht *doch* ein *der* ist:
Wer?
Na *die* dort!
Ah so? *Sie* ein *Er*? Glauben S' wirklich?
Da weiß man net recht.
Vielleicht weiß er's selber net recht.
Oder sie.
Vielleicht will's der selber net wissen.
Oder die.
Heut weiß man ja wirklich nimmer.
Daß sich die net geniern!
Na, die kennen kan Genierer!
Daß des erlaubt is!
Heut is ja alles erlaubt!
Aber nimmermehr lang, aber nimmermehr lang.
Ham S' eh g'lesen, was da steht in der Zeitung?
Hörn S' zu:
Bis zum Jahr 2000 / werden nach vorsichtigen Schätzungen / mindestens 10 Millionen Menschen / mit AIDS *identifiziert* sein.

Es wird nicht überraschen, daß der Dozent, der Stein später behandelte, auch die Echtheit von Dialogen wie dem soeben wiedergegebenen anzweifelte. Anderseits bezeichnete er sie als typisch in ihrer Art (unter Hinweis auf Formzwänge). Ebenfalls, wenn auch auf andere Art typisch, die darauf folgende Notiz. Wahrscheinlich stammt sie aus demselben Kaffeehaus:

Ich lese *auch*, aber leise,

daß die unrentablen Betriebe nun im Ernst geschlossen nicht mehr zum Spaß subventioniert werden / Das ist ja ein Faß ohne Boden, Arbeiter müssen halt abgebaut, müssen mobiler werden, verstaatlicht oder nicht / Überhaupt ist in Zukunft mehr Flexibilität vonnöten, die radioaktive Belastung von Luft Wasser Erde ein Jahr nach Tschernobyl (das heißt: schwarzes Gras) ist einerseits gesunken, anderseits gestiegen / Trotzdem können wir uns nicht ganz einfach vom Fortschritt abkoppeln, der über Romantizismus Chaotentum Defaitismus hinweg seinem Wesen nach immer weiter fortschreitet / / Die Geburtenrate die Inflationsrate die Krebsrate, das sogenannte Waldsterben in den sogenannten sozialistischen Ländern ist noch viel schlimmer / In bewundernswert zielstrebiger und sehr erfolgreicher Arbeit hat die sogenannte progressive Linke an der Unterminierung der 10 Gebote gearbeitet / Von diesem Aspekt her müssen die Abrüstungsvorschläge des sowjetischen Staats- und Parteichefs mit aller gebührenden Skepsis geprüft werden / Die nukleare Sicherheit ist zweifellos größer als die nichtnukleare, die sogenannte W.A.A. Wackersdorf ist, obschon nur ganz wenige Kilometer von der österreichischen Grenze entfernt, die sicherste Sache der Welt, zumindest vergleichsweise / / Linz, zum Beispiel, vergiftet sich ganz von selbst / In Salzburg hingegen ist die Atmosphäre vergiftet (das ist eine Kulturmeldung) / Die Aufhebung des 6. Gebots erfolgte durch die Sexwelle, und wie es um das 8. Gebot mit dem falschen Zeugnis steht, das haben wir ja in jüngster Zeit mehrfach erfahren / Nur beim 5. Gebot, du sollst nicht töten, gibt es noch einige Hemmungen, aber wenn man die heimische Waffenproduktion am Leben halten will, muß man gewisse sentimentale Vorbehalte ganz einfach ausräumen / / Einräumen muß man, daß der Technologievorsprung der Japaner gewaltig ist, da kann ganz Europa samt Amerika einpacken / Mit einer Rucksackatombombe könnte man beispielsweise am Walserberg einreisen / Diese Packelei darf man nicht einreißen lassen, die Korruption ist ja hierzulande zur Mentalität geworden, eine schmutzige Hand wäscht die andere / Wir können, das läßt uns der EWG-Außenminister ausrichten, nicht auf eigene Faust mit dem Kopf durch die Wand, eine Integration in die eher früher als später entstehende westeuropäische Verteidigungsgemeinschaft ist früher oder später die Gretchenfrage / Die Frage wird sein, wie kann man den Staatsvertrag etwas zeitgemäßer interpretieren / Eine von der Zeit überholte Interpretation, so, sagte Beethoven, klopft das Schicksal an die Tür, aber so nicht / Allerdings stehen bei uns immer die Russen mit einem Fuß in der Tür und womöglich ins Haus, aber der Eintrittspreis soll möglichst hoch sein / Hoch höher am höchsten, den Abfangjägern müssen natürlich Raketen folgen, und wenn sie über Graz abstürzen / / A propos Landesverteidigung, über unsere gegenwärtige müssen sich sogar NATO-Generäle Sorgen machen, wie die materielle so die geistige / Ist ja umstellt dieses Land sowohl als auch unterwühlt von Wohlbekannten von Selbsternannten / Eine Schar »progressiver« Intellektueller, die sich standhaft weigert, das Pubertätsalter zu verlassen, auch wenn sie bereits bärtig und gerunzelt ist, produziert *Literatur* / Das Böse ist immer und überall (die terroristische Internationale), gibt's Hexen? natürlich gibt's die!

Wehe, wir sind keine Insel der Seligen mehr!

Nach Jahren des Hochstapelns stapeln sich hier die Probleme, da kann auch kein Papst helfen.

Der demokratische Sozialismus samt seinem Wohlfahrtsstaat ist am Ende (Tröstliche Worte eines US-Professors).

Seiner Grundlagen beraubt und daher verunsichert spielt der Mensch als Bürger eine jämmerliche Rolle.

Was ist Wahrheit? Können unsere Politiker mit diesem Begriff überhaupt etwas anfangen?

Wahr ist vielmehr, daß der österreichische Weg auch nicht mehr sein kann, was er in Wirklichkeit nie war.

Am Anfang die österreichische Lebenslüge (die *Überlebens*lüge).

Jetzt prophezeien Experten einer internationalen Expertenkommission sogar *uns* Arbeitskämpfe, was prophezeit Nostradamus?

Von Kollektivschuld kann keine Rede sein, allerdings steigt die Staatsverschuldung.

Allen anderslautenden Meldungen zum Trotz reicht die vorhandene Energie nicht mehr bis zum Jahr 2000, die Pensionen reichen auch nicht.

Marienwunder im Ostblock / wenn nicht ein Wunder geschieht, wird bald jeder fünfte österreichische Schulabgänger keinen Arbeitsplatz finden.

Im Golf sinken Schiffe. In der Wallstreet fallen die Aktien. Die Nervosität steigt.

Noch immer der Welthunger / schon wieder die Weltrevolution (aber möglicherweise islamisch).
Über Amerika ist ein Stern abgestürzt, das hat man im Fernsehn gesehn, sein Name war Wermut.
San Francisco, Los Angeles auf einer Erdbebenlinie, Wien aber auch.
Der Rauch des Satans. Der Spalt in der Kirche. Ganz zu schweigen vom Ozonloch.

Ist sie jetzt weg? fragte der Großvater, als Stein an diesem Abend nach Hause kam. Ja, sie ist weg.
Gut, sagte der Großvater, das ist besser für dich.
Wieso? fragte Stein. Zum Aufbrausen war er zu müde.
Aber verärgert war er – solche Urteile standen dem Großvater nicht zu.
Was mischst du dich ein?
Dazu bin ich da, sagte der Großvater. Übrigens nett von dir, daß du auch wieder da bist.
Entschuldige... sagte Stein.
Schon gut, sagte der Großvater. Aber du hättest mich glatt hier zurückgelassen.
Verzeih, sagte Stein, aber reden wir morgen weiter.
Morgen? Warum nicht heute?
Ich bin zu erschöpft. Wenn du wüßtest, murmelte Stein, wenn du wüßtest...
Was?
Was mir heute alles begegnet ist!
No, sagte der Großvater, was wird dir, kann dir schon begegnet sein? In Zeiten wie diesen, mit unseren *doch* nicht vergleichbar.

Ah so? sagte Stein. Daß der Alte das sagte, war neu.
Gar nicht so neu, sagte der Großvater. Du hast mir nur in letzter Zeit schlecht zugehört.
An Schlafen war nicht mehr zu denken. Stein stand wieder auf.
Schlecht zugehört, sagte der Großvater. Oder gar nicht. Je mehr sie geredet hat, diese Person, geredet, geredet ...
Eifersüchtig? Auch du?
Nein, aber das muß einmal gesagt werden.
Hinter Stein stehend, nahm der Großvater ihn an den Schultern. Im Spiegel war er nach wie vor nicht zu sehen. Doch hatte seine Berührung etwas Beruhigendes, trotz dieser Unsichtbarkeit. Jetzt sag schon, Jingel, was dir begegnet ist ...
Nichts als Antisemiten, beklagte sich Stein. Noch dazu solche, die nicht einmal Juden brauchen. Das heißt: sie brauchen uns schon, aber eher als Auslöser. Ist der Ressentimentfluß, der Ressentiment*schwall* nur einmal ausgelöst, so schwillt und fließt er.
Ja, sagte der Großvater. Schwillt und fließt er. Das kann ich mir vorstellen. Obwohl sie uns damals, als *ich* noch darunter gelitten hab, *nicht* nur als Auslöser gebraucht haben, und das ist vielleicht der Unterschied. Sollen wir, *dürfen* wir sagen: hoffentlich? Nein, dürfen wir nicht – aber ganz unter uns: *Müssen* immer wir das *für Pogrome* auserwählte Volk sein?
Doch noch etwas anderes, sagte der Sejde, der Großvater ... (Stein schrieb das alles auf, wenn auch seitenverkehrt). Weil er gerade von Leiden geredet

habe. Einerseits steigerst du dich da in etwas hinein, und anderseits: was tust du? Das sei (so der Großvater) Selbstüberschätzung und Selbstunterschätzung zugleich. Da kommt Ihr euch (hier verwendete er wirklich die zweite Person Mehrzahl) einerseits vor, wie *wir* damals, in jener Endzeit der zwanziger und dreißiger Jahre – und das ist, nebenbei bemerkt, auch eine Art von schwarzer, *sehr* schwarzer Romantik – aber andererseits: was tut Ihr? Ich meine: *Kann sein*, daß dies auch eine solche Endzeit ist oder möglicherweise ist es dieselbe, große, die damals begonnen hat und sich jetzt, da man alle zwei Tage aus einer anderen Welt- oder Himmelsecke das apokalyptische Trara zu hören meint, tatsächlich *zu Ende* neigt. Aber ich weiß das, Hand auf die Seele, auch nicht – man braucht nicht zu glauben, daß man, nur weil man tot ist, über die sogenannten letzten Dinge besser informiert wird...
Für *uns* macht das allerdings wenig Unterschied. Tot ist tot, da läßt sich nicht mehr viel ändern. Aber solang man am Leben ist, ist das was anderes. Du solltest was *tun*, so der Großvater, nicht nur *leiden*!

Dann war Samstag. Stein holte Marion ab. Er klingelte an der Gegensprechanlage, Brigittes Stimme, fünf Stockwerke höher und kühl, teilte ihm bündig mit, daß die Tochter gleich käme. Kühl auch das Wetter (nieslig), hin und her gehend vor dem Haustor, versuchte sich Stein gerade zu halten. Versuchte sich Stein nichts anmerken zu lassen, Haltung zu wahren, auch keine Träne ins Aug zu bekommen, trotz Wind, als Marion endlich (und wirklich) kam.

Sie schien so erwachsen geworden, auch im Gesicht. Eine trotzige? flotte? Bewegung des Kopfs, daß die Haare flogen. Die Umarmung: für sein Bedürfnis zu flüchtig. Er wollte sie an der Hand nehmen wie ein Vater die Tochter, doch sie entzog sich.
Wo gehen wir hin?
Er sagte: Wohin du willst.
Was machen wir dann?
Was du magst, sagte Stein, was magst du?
Marion zuckte wohlgemerkt *eine* Achsel. Wo konnte sie hin wollen und was sollte sie mögen?
Er hatte sich das nicht so problematisch gedacht. Eine Weile gingen sie nebeneinander her, schweigend, und daß ihr, der Tochter, nichts einfiel, empfand er, der Vater, als Vorwurf. Sie ihrerseits schien sich ein bißchen belästigt zu fühlen. Schließlich wünschte sie sich ein Mickymausheft. Ihm zuliebe? Immerhin hatte sie Sinn für Kontinuität. In der Straßenbahn, mit der sie Richtung Innenstadt fuhren, denn wo, außer in der Fußgeherzone, aber die war ohnehin keine schlechte Idee, sollte man Samstag nachmittag ein Mickymausheft bekommen, fragte er sie, was es Neues gäbe, da sagte sie: nichts. Die Neuigkeit wurde ihm später erst mitgeteilt, nebenbei. Die Mama, die hat jetzt auch einen neuen Freund.
Das *auch* bezog sich wohl auf Clarissa und ihn. Stein konnte sich nachher nicht mehr erinnern, wann und wo genau ihm Marion diese Mitteilung gemacht hatte, denn seine Erinnerung konzentrierte sich auf etwas anderes. Alles ging sehr schnell: der Behinderte saß vor einem Geschäft (einer Kaffeerösterei)

gleich am Anfang der Kärntnerstraße. Er trug ein Schild vor der Brust mit der Aufschrift: *Als Opfer der Kinderlähmung arbeitsunfähig, bitte um Hilfe, vergelt's Gott* oder so ähnlich. Stein griff zur Börse, kramte nach etwas Kleingeld. Aber im selben Moment stürmte ein Mann aus dem Geschäft, groß, kräftig, viel mehr bekam Stein in der Geschwindigkeit der Attacke vorerst nicht mit. Doch im nächsten Augenblick, soviel *bekam* er mit, würde der Mann auf den Krüppel lostreten. Und hob schon tatsächlich sein Bein und winkelte es ab, kurz Maß nehmend – ein Fußballer vor dem Strafstoß.
Kalt und weiß fuhr der Schreck in Steins Kopf wie eine Narkose. Doch überraschenderweise fiel er nicht um, verlor er nicht das Bewußtsein. Da stand er im Gegenteil sehr bewußt, sehr gegenwärtig. Da widerstand er in einer – jedenfalls für ihn – ganz neuen Haltung und Wahrnehmung von *Geistesgegenwart*. Nein, er stand nicht nur da – er trat sogar vor. Er trat nicht nur vor, sondern trat – tatsächlich – dazwischen. Trat zwischen den Aggressor und den, welchen der soeben, in diesem Sekundenbruchteil, zum Objekt, zum Aggressionsobjekt zu machen im Begriff war. Und siehe da, der Tritt, zu dem jener angesetzt hatte, blieb, noch im ersten Drittel der zu ihm ausholenden Bewegung *gebrochen*, in der Luft hängen.
Angustia, Angst, ein lateinisches Lehnwort – jetzt kam sie. Eine Alarmmeldung, schrill, vom Herz zum Gehirn. Und wieder zurück und überdies bauchwärts und beinwärts. Halsverengend. Und trotzdem: Stein brachte den Mund auf. Brachte

sogar den Mund auf, ja, effektiv! He, was machen Sie? Lassen Sie den! Was tut Ihnen der? Diese / so ähnliche Worte, genauer wußte sie Stein im Nachhinein selbst nicht. Doch wichtig war etwas anderes: ihr Effekt. Zwar maulte der Mann was von arbeitsscheuem Gesindel. Was von Sozialschmarotzern, die einem Steuerzahler wie ihm in der Tasche lägen. Des weiteren unterstellte er, daß Stein, wie er aussähe, wahrscheinlich auch so einer sei, wenn nicht ein ärgerer. Bald aber ging ihm der Stoff aus, sein Käselaibgesicht mondete einige schwere, noch immer empörte Atemzüge lang ratlos, dann zog er sich zurück.
Die Freude, die Stein nun empfand, blieb nicht ungetrübt. Denn wie sich gleich herausstellte, war der Behinderte, um den es doch eigentlich gegangen war, während des Wort- und Blickwechsels verschwunden. Da stand er nun, Stein, mit seinen paar läppischen, schweißnassen Schillingen in der Linken. An der rechten Hand aber (und erst jetzt wurde ihm bewußt, daß Marion von selbst danach gegriffen hatte) hielt er – oder hielt ihn, das kam auf die Perspektive an – seine Tochter.

Nach und nach empfand Stein das als Teilerfolg. Vielleicht hatte der Großvater recht, vielleicht kam es nur darauf an, sich die *leidende Form* nicht *gefallen zu lassen* und aus ihr auszubrechen, aufzubrechen, in eine Form zivilcouragierter Aktivität. Daß Clarissa ihm abging, war nicht zu leugnen. Doch hatte sich mit ihrem Abflug, kein Zweifel, auch eine Lähmung, Beklemmung von ihm weggehoben, die ihn, wie das Kälbel auf dem Wagen, vorweg zum Opfer

gemacht hatte, das sich ohnehin nicht mehr rühren und daher nur noch einwilligen konnte in diese fragwürdige *Bestimmung*.
Jetzt durfte er etwas aufatmen, potentiell freier. Zwar war ihm klar, daß der Ansatz von Widerstand, den er dem Mann vor der *Kaffeerösterei* geleistet hatte, jenen Widerstand, den er damals dem Mann in der *Trafik* hätte leisten *sollen*, nicht *ohne weiteres* wettmachen, nachholen konnte. Doch warum konnte, sollte nicht *weiteres* folgen? Es mußte doch eine Möglichkeit geben, sich und damit die Wirklichkeit, die uns umgibt, zu *korrigieren*; ja, dachte Stein, sagte Stein und drückte ermutigt / ermutigend Marions Hand: wir werden diesen Behinderten suchen und wiederfinden.
Zwar gelang ihnen letzteres vorläufig nicht. Die ganze Kärntnerstraße war voll mit Musikern, Gauklern, Clowns (eine Karnevalstimmung, die Stein trotz der *Umkehr*, die er soeben vollzogen hatte, in ihrer – dieses Wort dachte er – *Unangemessenheit* etwas erschreckte), und natürlich waren auch Bettler darunter, aber jener, nach dem sie Ausschau hielten, war nicht zu sehen. Auf dem Stephansplatz allerdings, vor dem Riesentor, stand eine Gruppe jüngerer Leute (Studenten?) neben einem großen, rot beschriebenen Plakat und verteilten Flugblätter. *Mahnwache für den österreichischen Widerstand*, las Stein, las er Marion vor, aber im Stillen auflachend dachte er: Siehst du, es funktioniert schon.

Steins Optimismus hielt vorläufig vorsichtig an. (Das fand der Dozent, der ihn später behandelte, charakteristisch.) Der Filialleiter der Bank, bei der er sein Konto seit Monaten überzog, konnte nicht umhin, ihm diskret mitzuteilen, daß ohne regelmäßige Eingänge weitere Ausgänge leider nicht mehr gebucht werden könnten. Stein trug das mit Fassung, machte davon nicht viel Aufhebens und fand sich (erstaunlich genug in Zeiten der Rezession) recht bald einen Job. Treppauf treppab laufend für eine Werbefirma, teilte er in ganz Wien *Gewinnscheine* aus. Damit konnte man nur etwas gewinnen, wenn man, die Rückseite des Gewinnscheins ausfüllend, einer Buch- und Schallplattengemeinschaft beitrat, was Stein allerdings tat. Er bestellte sich ein Buch über die Wiedergeburt der Republik Österreich nach 1945, zwei Bände ausgewählte Werke von Nietzsche und Schuberts *Unvollendete*. Du wirst lachen, schrieb er an Clarissa, meine Arbeitskollegen, die ich am Morgen bei der Ausgabe des Werbematerials und am Abend beim Kassieren des Taglohns treffe, sind fast lauter Araber, doch wir verstehen uns ausgezeichnet.

In dieser Bemerkung (so der Dozent, der auch Steins Briefentwürfe – zum Großteil, wie er vermutete, *nie abgesandte* Briefe – *aus therapeutischen Gründen* durchsah) sei ein Protest gegen die als Mutterfigur projizierte Clarissa unübersehbar. Kein Kommentar. Dieser Dozent glaubte schließlich auch nicht an den Großvater. Gerade der jedoch könnte Steins auf die Arbeitskollegen bezogene Euphorie etwas gedämpft haben. Soweit ihr euch, merkte er an, *überhaupt* versteht.

Es geht aber nicht nur (so Stein) um *verbales* Verständnis. Tatsächlich war die Verständnisebene, auf der er sich mit den Arbeitskollegen traf, die der gemeinsamen Diskriminiertheit. Denn wie oft geschah es, daß man sie, die mit schwer bepackten Umhängetaschen vor Haustoren standen (klingelnd an *Gegensprechanlagen*, die Stein bei diesen Gelegenheiten erst recht hassen lernte), gar nicht einließ. Oder daß man ihnen, waren sie mit Glück und Geschick (das heißt Trick) doch noch in dieses oder jenes Haus gelangt, mit der Scheu, der Abneigung, ja dem *Ekel* der *Inländer* gegen die *Ausländer* begegnete.

Sicher, schrieb Stein, was wir austeilen, ist idiotisch. Ich verstehe den Ärger über das viele Papier, das die meisten ganz ungelesen gleich aus dem Briefschlitz zum Abfall werfen (diese Verschwendung!). Aber das Mißtrauen ist etwas anderes als das Vorurteil. Freundlich grüßend bekomme ich kaum eine Antwort. Außer, so Stein, in den Gastarbeiterquartieren. Die letzten Tage in Simmering, Favoriten. *Unglaubliche* Häuser, Clarissa, Quartiere, in die man schon früher die *tschechischen* Gastarbeiter gepfercht hat. Und trotzdem – wenn überhaupt, höre ich *dort* ein freundliches Wort: dobre dan, günaydin.

Warum, das verstehe ich nicht, schrieb Clarissa zurück, willst Du durchaus ein Österreicher sein, wenn Deine Landsleute, was ich verstehe, Dir immer weniger zusagen?

Aber ich weigere mich, so Stein im Folgebrief, anzuerkennen, daß dies die hauptsächliche Erscheinungsform der österreichischen Seele ist.

Ob es das gibt, so der Großvater, eine *österreichische*

Seele? In meiner Nähe ist keine... Allerdings *jüdische* Seelen: ohja, die gibt es.

Natürlich war Stein auch in dieser Phase manchmal verzagt. Es war Frühling, ja es kann Frühsommer gewesen sein, aber an manchen Montagen fing es an zu regnen und hatte am Freitag noch immer nicht aufgehört. Kaum daß die Sonne schien, wirkte sie schon entkräftet. Zwar reflektierte das Dach vis-à-vis wieder mehr Licht, aber sein Grün hatte – zumindest für Stein – etwas heurigenhaft Herbstliches.
Fehlte nur, daß er auf die etwas achternde Scheibe des Plattenspielers, den er bereits nach der ersten Woche Werbezettelverteilen beim Altwarenhändler gleich an der Ecke gekauft hatte, die *Unvollendete* auflegte. Zur Herzstärkung las er dann meistens das *Österreich*-Buch. Das begann mit dem April 1945, also mit der *Befreiung*, und Stein, erst im Juni 1950 nach Wien gekommen, hatte bei dieser Lektüre das gute Gefühl, etwas Wichtiges, das er als Österreicher versäumt hatte, wenigstens in seiner persönlichen Phantasie nachzuholen. Die allgemeine Begeisterung dürfte zwar nicht ganz so groß gewesen sein wie die im März 1938, aber das konnte man von einer dezimierten, irritierten und desillusionierten Bevölkerung auch kaum verlangen.
Immerhin hatte sich knappe fünf Minuten von Steins Behausung entfernt, im Palais Auersperg, eine Widerstandsgruppe zu einem provisorischen österreichischen Nationalkomitee zusammengetan. Und im Rathaus, das damals kein Dach hatte, waren, dem Schlechtwetter zum Trotz, die Väter der

neuen Stadtregierung gesessen, streitend, beratend unter dem wenigstens teilweise freien Himmel. Vor dem Parlament tanzte man nach Proklamation des neuen, die böse Vergangenheit weit hinter sich weisenden Österreich, in Ermangelung einer Nationalhymne (denn das Deutschlandlied sollte ja endlich ausgesungen sein), den Donauwalzer. Um sich das vorstellen zu können, mußte Stein die *Unvollendete* abschalten.

Entschuldigung, hatte der Altwarenhändler gesagt. Sie sind doch der neue Mieter vom Zehnerhaus, nichtwahr? Pardon schon, Verzeihung, ich will ja nicht lästig sein. Aber das Zehnerhaus, wissen Sie, interessiert mich. In Ihrem Hof muß ein alter Weinstock sein, stimmt's? Den hat noch der alte Tempeldiener gepflanzt. Jaworek oder Jaworsky hat er geheißen. Woher ich das weiß? Ich hab als Kind dort gewohnt... Jetzt war ich seit vierzig Jahren nicht mehr dort drin. Und will auch nicht mehr hinein, verbindlichsten Dank. Das Haus ist mir viel zu voll mit Erinnerungen. Es interessiert mich nur nach wie vor, das ist alles... Die Synagoge ist gleich daneben gestanden. An Ihrer jetzigen Feuermauer sehen Sie noch die Brandflecken. Das war ein schönes, großes Gebäude mit zwei Türmen und einem dreitürigen Portal. Wenn ich meiner Mutter beim Abnehmen der Wäsche auf dem Hängeboden geholfen hab, dann haben wir manchmal, an Samstagen, den Gesang von nebenan gehört. Synagoge VIII, Neudeggergasse 12 (Abb. 149, 165). Da hat sich seit Jahren kein Mensch mehr dafür interessiert. Sagte der alte

Herr im Bezirksmuseum. Erbaut vom Architekten Max Fleischer im Jahre 1903. Blies den Staub aus dem Buch (er war ein Professor). Die im gotischen Stile gehaltene Architektur lehnt sich an die mittelalterlichen Backsteinbauten Norddeutschlands an, die zumeist auch ohne Anwendung von Stein- und Bildhauerarbeiten durchgeführt worden sind. Von der Vorhalle gelangt man in den Betraum, welcher durch Säulenreihen in drei Schiffe abgeteilt ist und 338 Männersitze umfaßt. Entsprechend der Breite des Mittelschiffs ist das Heiligtum ausgebaut, bestimmt zur Aufnahme der Bundeslade, welche die ganze Apsis ausfüllt. In der Synagoge, hatte der Altwarenhändler gesagt, war ein wunderschöner Mosaikfußboden. Nein, ich bin nie drin gewesen, aber später, nachdem die Mauern der Synagoge nicht mehr gestanden sind, da haben wir Buben auf diesem Boden Fußball gespielt. Zwar war dann der Platz eingeplankt und vor der Tür, durch die man ihn hätte betreten können, ist ein dickes Schloß gehangen, dessen Schlüssel übrigens unsere Hausmeisterin verwahrt hat. Aber wir sind halt über die Planken hinübergekraxelt. Der Querschnitt zeigt eine Basilika mit Emporen für die Frauengalerien, die zusammen 226 Sitze umfassen. Zum Tragen der Galerien und der Mittelschiffwand dienen gußeiserne Säulen. Die Decken sind als Platzelgewölbe zwischen Traversen konstruiert, die Mittelschiffdecke ist durch große Moniergurten in Felder aufgeteilt. Bemerkenswert ist auch die ausgezeichnete Akustik des Raums. Das war damals, hatte der Altwarenhändler gesagt, ganz zeitig in der Früh. Um fünf vielleicht oder halbsechs, da hat drüben ein dumpfer Krawall angefangen. Wir alle sind davon aufgewacht: Was ist los?! Es hat sich so angehört, als hätten sie drüben alles kurz und klein geschlagen. Mein Vater, daran kann ich mich noch gut erinnern, ist zum Telefon und hat die Polizei angerufen. Aber die haben gesagt, er soll sich gefälligst um seine eigenen Angelegenheiten kümmern. Dann hat er, was hätt er denn machen sollen, mein Vater, in die Arbeit müssen, und bald darauf, eine Viertelstunde später bereits, hat es zu brennen begonnen. Die sind ja verrückt, hat meine Mutter gesagt – und dann sind wir beide auf den Dachboden hinauf gerannt, um die Wäsche zu holen.

An den
Bundespräsidenten der Republik Österreich
Wien 1, Hofburg

Sehr geehrter Herr Bundespräsident!

Um Mißverständnissen vorzubeugen, stelle ich gleich im ersten Satz dieses Briefes klar, daß ich die demokratische Wahl, die Sie zum Repräsentanten der Republik Österreich gemacht hat, respektiere (respektieren *muß*, was bleibt mir und *meinesgleichen* übrig?). Allerdings hat diese Wahl unter derart unglücklichen Begleitumständen stattgefunden und in dem Jahr, das seither vergangen ist, derart unheilvolle Folgen gehabt (vielleicht treffender: gezeitigt), daß ich als Staatsbürger dieses mit sich selbst und der Welt nunmehr uneinen (überworfenen?) Landes nicht umhin kann, ihr Ergebnis zutiefst zu bedauern. Dies umso mehr, als Sie – zu dieser Annahme habe ich triftige, wenn auch (was heißt denn da *wenn* auch?) persönliche Gründe, die in wenigen Zeilen auszuführen aber unmöglich ist – umso mehr wohlgemerkt, als Sie, sehr geehrter Herr Bundespräsident, ohne mich wahrscheinlich gar nicht gewählt worden wären. Jedenfalls nicht unter dem fatalen Aspekt, unter dem Sie gewählt worden *sind*.

Nun hat das – auch hier keine Mißverständnisse – nichts mit meinem Wahlverhalten zu tun: ich habe Sie, was Sie sich, sollten Sie immerhin bis hierher gelesen haben, wahrscheinlich bereits gedacht haben, *nicht* gewählt, sondern – hiemit gestehe ich ein womöglich strafbares Versäumnis – damals ganz einfach auf diese Wahl vergessen. Dies (diese Vergeßlichkeit) allerdings schon aufgrund eines anderen Versäumnisses, einer wirklichen Unterlassungs-Sünde, derer ich mich nun an der hierzulande höchsten Adresse bitter anklage. Die Wahrheit ist nämlich die: ein Mangel an raschem Reaktionsvermögen und wohl auch an Zivilcourage meinerseits in einer gewissen (ebenso höchst persönlichen wie höchst historischen) Situation hat *das alles* ausgelöst. Schon möglich, daß auch noch andere, vergleichbare Versäumnisse daran beteiligt waren, sodaß aus der Summe (nein: der Potenz!) solcher Versäumnisse unsere jetzige, traurige Situation resultiert – aber von *meinem* Versäumnis weiß ich.

In gewisser Hinsicht fühle ich mich dadurch übrigens auch Ihnen gegenüber, sehr geehrter Herr

Bundespräsident, schuldig, und möchte mich vorerst auf diesem (postalischen) Weg dafür ent-schuldigen. Denn soviel ist klar: hätte *ich* (und hätten gegebenenfalls all die andern, meine Brüder und Schwestern mit ähnlich langer Leitung, all meine Trägheits- und Feigheitsgenossen der österreichischen Spezies zur ihnen gegebenen Zeit, am ihnen gegebenen Ort entsprechend reagiert, Sie wären nicht in die Lage geraten, in der Sie jetzt sind. Sehr geehrter Herr Bundespräsident, ich könnte Sie, wie Sie wahrscheinlich staunend lesen, entlasten (in Ihrer Haut, wenn ich mir diese Bemerkung erlauben darf, möchte ich auch nicht stecken). Wenn Sie daran Interesse haben, bin ich (am besten unter vier Augen) zur näheren Ausführung und Aufklärung der oben angedeuteten Zusammenhänge bereit.

Sehr geehrter Herr Bundespräsident, unternehmen wir einen gemeinsamen Versuch, eine gemeinsame Anstrengung! Versuchen wir, was falsch gelaufen ist, richtigzustellen, vielleicht ist es noch nicht zu spät. Setzen wir beide, Staatsbürger dieses Landes, um das wir uns Sorgen machen müssen, einen staatsbürgerlichen Akt. In der Hoffnung auf Ihre diesbezügliche Kooperation bin ich

mit vorauseilender Hochachtung

Ihr Max Stein.

Was Stein sich unter dem staatsbürgerlichen Akt, den er und der Bundespräsident (gemeinsam?) setzen sollten, genauer vorstellte, wissen wir nicht. Der Dozent, der ihn später behandelte, hielt eine genauere

Vorstellung darüber ohnehin für unwahrscheinlich. Der Entwurfscharakter des Briefs legte, so der Dozent weiter, übrigens die Vermutung nahe, dieser Brief wäre nie abgeschickt worden. Die Präsidentschaftskanzlei hätte den Erhalt eines derartigen Schreibens vermutlich in jedem der beiden möglichen Fälle dementiert.

Außer Zweifel steht immerhin, daß Stein weiterhin besten Willens zu einer gewissen Aktivität war. Zum Beispiel erschien er ein zweites Mal im Bezirksmuseum. Er sei, sagte er bei dieser Gelegenheit, gekommen (ein teils feierlicher, teils gehemmter Ton ist dem die Sammlung betreuenden Professor in Erinnerung geblieben), um einen Vorschlag zu machen. Er wolle nicht einfach, wie letzthin, nur etwas lesen – er wolle etwas schreiben.

Der Professor war gar nicht abgeneigt. Das treffe sich, sagte er, eine Gedenktafel für die Synagoge sei ja geplant. Allerdings: daß die Inschrift von einer Privatperson verfaßt werde, also das würde eine gewisse Auseinandersetzung mit den öffentlichen Stellen erfordern. Anderseits ... warum nicht? Um diese heikle Aufgabe reißen würde sich sowieso niemand.

So rührig und einsatzbereit war damals Stein.

Nebenbei bemerkt öffnete er den Hausbriefkasten Mittag für Mittag, wenn er vom Werbezettelverteilen nach Hause kam, mit ängstlich erregt pochendem, rotweißrotem Herzen. Die Antwort des Bundespräsidenten auf seinen sicherlich gutgemeinten Vorschlag ließ indes auf sich warten. Statt dieser Antwort fand Stein eines Tages folgenden Brief:

Lieber Max!
Da Du Dich vor geraumer Zeit dazu entschieden hast, uns zu verlassen, und offenbar nicht beabsichtigst, in die eheliche und familiäre Gemeinschaft zurückzukehren, mußt Du Nachstehendes zur Kenntnis nehmen. Ich war zehn Jahre mit Dir verheiratet – die meiste Zeit davon, muß ich hinzufügen, gern – und vor dem Gesetz sind wir immer noch Mann und Frau, aber ich bin für klare Verhältnisse. Ein Blick auf den Kalender wird Deiner Erinnerung, wie lang wir jetzt schon getrennt leben, vielleicht nachhelfen. Ich habe Geduld gehabt, habe gehofft, Deine Krise, Deine Verwirrung oder was es ist, würde in einer Zeitspanne, die sich abwarten läßt, vorübergehen – aber ich fürchte, so leid es mir tut, darin und auch in Dir ganz allgemein habe ich mich getäuscht.

Max, mein Lieber – ich weiß nicht recht, was mit Dir los ist. Das heißt, natürlich habe ich einiges mitgekriegt, aber trotz meiner Bitten, mir doch zu sagen, was Dich so tief bedrückt, hast Du mich, scheint es, für zu dumm gehalten, mit mir auch nur einigermaßen klärend darüber zu reden. Offenbar konntest und kannst Du mit einer anderen besser reden – und nicht nur reden – nun, das ist Deine Sache. Das heißt, es *wird* nun bald ganz Deine Sache sein.

Ich habe – und eigentlich hätte ich Dir nur das mitzuteilen brauchen – heute einen Anwalt damit betraut, meine Scheidung von Dir zu betreiben; Du wirst demnächst von ihm hören. Auf eine Versöhnung lege ich meinerseits keinen Wert mehr. Was

Deine Treffen mit Marion betrifft, so bitte ich Dich, vorläufig davon Abstand zu nehmen und auf die gesetzliche Regelung zu warten. Ich wünsch Dir viel Glück fürs neue Leben.

Brigitte.

(Schwer leserliche Notizen aus einem Gasthaus:)
Sonst nicht meine Art, in der Öffentlichkeit zu trinken. Peinlich. Würdelos. Ekelhaft. Kalt. Beschämend. Aber zu Hause (*zu Hause?*) halt ich's nicht aus. Ein Horror der Spiegel, heulendes Elend das Bett. Der Großvater mit seinen Reden: unerträglich. Kann sein, daß er's gut meint, aber er nervt mich zu Tode. Wenn ich tot bin, werde ich auch gescheit sein. Gefällt mir nicht, dieses Beisel, gefällt mir gar nicht. An den Wänden: Kadaver, Köpfe, Geweihe. Tische mit fleckigen Tischtüchern (Trachtenpärchen). Gerüche: sehr unkoscher. Aber der Wein tut gut.
Am Nebentisch zwei, die mir leider allzu laut reden. Das heißt, nur der eine redet mir allzulaut. Burgenländer dem Dialekt nach (Pendler?). Oder Oststeirer. Anscheinend Arbeitskollegen. Versuche mitzuschreiben: Die Juden, die Juden. Akkurat. Hab ich wirklich richtig gehört. Schon wieder vorausgehört (geahnt / mir gedacht). Früher, da ham s' mir ja leid getan, aber jetzt nimmer.
Warum nicht?
Na weil sie die *unsrigen* alleweil miesmachen! Alleweil miesmachen müssen s' die *unsern*, die Brüder. Alleweil Österreich durch den Kakao ziehen müssen s'! Noch dazu aus dem Ausland. Ka Ruh können s' geben!

Da würde er aber (der Ältere) auch keine Ruh geben. Er meint, an denen ihrer (an *unserer*) Stell. Ah was, nix als Österreich kritisiern können s'! Na, ist das ein Wunder, bei dem, was denen geschehn ist?
(Uns.)
Ah was, unterbricht ihn der Junge – geschehn ist geschehn. Und passiert ist passiert. Und vorbei ist vorbei. Vorbei muß vorbei sein. Und Befehl ist Befehl. Warst, fragt er den Älteren, net beim Bundesheer?
Doch, war er.
Na, eben. Wenn du dort den Befehl kriegst ... nur einmal angenommen ... also du bist ein Oberleutnant und den Befehl gibt dir ein Major ... Schießen S' auf den oder den oder die oder die ... Du kriegst den Befehl – also bittschön, was kannst denn da machen?
Das ist ja das Schlimme, daß man für sowas trainiert wird.
Ja, aber so ist das. Das ist die Befehlsstruktur. Das war so und ist so und bleibt so bei jedem Heer. Weil ohne Befehlsstruktur *kann ma kan Kriag net gwinnen.*
Ham ihn ja, sagt der Ältere, eh verlorn.
Wer? fragt der Jüngere.
No, sagt der Ältere, die Nazis.
Ja, aber nur, weil s' net rechtzeitig aufghört ham! Wenn der Hitler den Russen net angriffen hätt, also dann *hätt ma den Kriag gwunnen*!
Anfang zwanzig ist er, der sowas sagt. Und damals, meint er, waren doch alle dafür. Da war doch,

erklärt er jetzt eifrig, die Arbeitslosigkeit. Viel ärger als heut; doch auch heut: *Sixt eh, wia des is!*
Wie?
No, einem jedem ist doch sein Arbeitsplatz das Wichtigste. Und *anssogida* (eins sag ich dir): Wenn heut wieder a Hitla kamat, und i hätt mei Gschaftl ... Ganz egal, gegen wems da gingat: Zigeina, Krowodn ... Österreich is in der Mehrzahl deitsch, da müssen sich die *anderen* danach richten, *da kennert i ka Pardon net.*

(Sätze für eine Gedenktafel:)
Hier stand die Synagoge, erbaut vom Architekten Max Fleischer im Jahre 1903. Hier stand die Synagoge, besucht von zahlreichen gläubigen und auch weniger gläubigen Juden aus der Umgebung. Hier stand die Synagoge, in Brand gesteckt und verbrannt am Morgen der sogenannten Kristallnacht. Hier stand die Synagoge, ein Jahr darauf wurden die Mauern noch in die Luft gesprengt. Hier stand die Synagoge, oberhalb der Bundeslade befand sich eine Votivtafel für die Kaiserin Elisabeth. Hier stand die Synagoge, in Brand gesteckt und gesprengt in den Jahren '38 und '39, und niemand (was hätt man auch tun sollen?) hat etwas dagegen getan. Der Kardinalerzbischof von Wien, Dr. Innitzer, stattete am Dienstag, dem 15. März 1938, dem Führer im Hotel Imperial einen Besuch ab und gab seiner Freude über die Vereinigung Deutsch-Österreichs mit dem Reiche sowie dem Willen der österreichischen Katholiken Ausdruck, tatkräftig am deutschen Aufbauwerk mitzuarbeiten. Unmittelbar nach der Befrei-

ung Österreichs durch den Führer sind die evangelischen Synodalausschüsse AB und HB zusammengetreten und haben einem vom evangelischen Oberkirchenrat beschlossenen Kirchengesetz mit Stimmeneinhelligkeit zugestimmt.
Hier stand die Synagoge, jetzt steht ein Gemeindebau da (auch der Sozialist Dr. Karl Renner, der später der erste Bundespräsident der zweiten Republik wurde, hat den Anschluß ausdrücklich begrüßt). Die Volkswut richtete sich begreiflicherweise insbesondere gegen die Synagogen in den einzelnen Bezirken, in denen schließlich Brände ausbrachen. Daß sich die Erbitterung der Volksgenossen in erster Linie gegen die Judentempel gerichtet hat, ist nur zu verständlich, sind sie doch die Heim- und Erziehungsstätten, in denen die staats- und volksfeindlichen Lehren des Talmud bzw. Schulchan Aruch gepflegt und verbreitet wurden. Donnerstag, den 11. November 1938, sind die meisten unter ihnen, und zwar die Tempel in der Schiffamtsgasse, in der Neuen-Welt-Gasse, in der Tempel- und Stumpergasse, die Synagogen in der Unteren Viaduktgasse, in der Schmalzhofgasse, in der Hubergasse, in der Siebenbrunnengasse, in der Großen Schiffgasse, Kluckygasse sowie Neudeggergasse, in der Malzgasse, in der Schopenhauerstraße, in der Zirkusgasse, Steingasse und Müllnerstraße, in der Pazmanitengasse, am Humboldtplatz und in der Turnergasse in Flammen aufgegangen.
Wenn auch in den meisten Fällen die nackten Gebäude erhalten blieben, so ist die Inneneinrichtung durch die Flammen doch derart zerstört worden,

daß kaum anzunehmen ist, daß in diesen Bauten je wieder volksfremde und volksfeindliche Elemente imstande sein werden, dort unter der Tarnung und unter dem Schutz »religiöser Zusammenkünfte« jene Maßnahmen zu besprechen, die dann da und dort im Auslande unter dem Titel von »Boykottbewegungen« und »antifaschistischen Kundgebungen« gegen das Reich und gegen das deutsche Volk getroffen werden. Aber es blieb nicht bei den Tempeln allein. In den Vierteln und Straßen, in denen sich trotz der Arisierung vieler Geschäfte noch immer mehr als genug Stätten »jüdischer Geschäftigkeit« vorfinden, mußte zum Schutze an eine Schließung der Läden gegangen werden, wobei verschiedentlich sehr deutliche Aufforderungen an die Geschäftsinhaber gerichtet wurden, die ihnen als Ziel Palästina oder andere Aufenthaltsorte nahelegten. Bis zum 8. Mai 1945 wurden unter direkter oder indirekter Beteiligung zahlreicher Österreicher 65.000 Landsleute jüdischer Abstammung ermordet – hier stand die Synagoge.

Vormittag – : Die Nacht, trotz bis in die Venen und Arterien spürbarer, *pulsierender* Müdigkeit, war schlaflos. Habe mich aufgerafft und bin einkaufen gegangen – muß mich, obwohl ich absolut keinen Appetit, ja einen Ekel vor allem Eßbaren spüre, *ernähren*. Brot, Milch, Margarine, Joghurt, nicht zu vergessen Schnaps. Die Flasche hab ich mir einpakken lassen, damit sie der Großvater nicht gleich wieder bemerkt.
Beim Rückweg komm ich vorbei am Gemeinde-

bau. Und da sehe ich, was ich auf dem Hinweg, auf dem ich ja kaum aus den Augen schauen konnte, *noch nicht* gesehn habe. Kann aber auch sein, es ist *zwischendurch* erst entstanden: Genau an der Stelle, die für die Gedenktafel vorgesehen ist, ein großes, zwar nur in Kreide ausgeführtes – aber auch nachdem ich es notdürftig, mir die Haut von den Händen schürfend, *weggelöscht* habe, noch immer vor meinen Augen rotierendes – Hakenkreuz.

Nachmittag, in der U-Bahn: ein junger Mann. Bei der Universität eingestiegen, hat er sich kurz umgeschaut, mit leicht bebenden Nasenflügeln, so als wollte er Witterung aufnehmen, und sich dann auf die freie Bank vis-à-vis gesetzt. Etwas an ihm berührt mich unangenehm. Vielleicht ist es sein Haarschnitt (extrem kurz und über den Ohren hoch ausrasiert), vielleicht dieser Haarschnitt in Kombination mit dem mir allzu militärisch wirkenden, schulterbestückten, armyshopgrünen Pullover.
Die Buben von 1939 in den alten Wochenschauen, die man uns in der Schule (aus zeitgeschichtlichen Gründen) einmal gezeigt hat... Wie sie, ein fröhliches Lied auf den Lippen, so fesch in den Krieg ziehn... Doch: Unsinn, denk ich, ein Vorurteil, denk ich, paranoid. Jetzt lächelt er mich sogar an, dieser junge Mann von 1987, und jetzt (was will ich?), jetzt schlägt er sogar ein Buch auf! – Einer, der liest, das macht ihn mir gleich sympathisch. Noch dazu so ein schönes, altes Buch! Leinengebunden, nachtblau, Rücken mit Goldschrift... Was liest er, mein Gegenüber? Das interessiert mich.

Ich beuge mich vor (dezent), um die Schrift zu entziffern. (Merke in letzter Zeit, daß meine Augen, mit denen ich bisher nie Probleme gehabt habe, ein bißchen nachlassen.) Was wird er lesen, der Jüngling, vielleicht Dostojewski? Wahrscheinlich komme ich auf diesen Gedanken, weil er mich jetzt, im schönen Licht belletristischer Assoziationen betrachtet, so blond und so blaß mit dem hektischen Rot um die Wangen – ja, warum nicht? – an den Fürsten Myschkin erinnert. Und dann *entziffere* ich die Schrift: *Mein Kampf.* In meinen Sitz zurückweichend denke ich unwillkürlich: Wo ist die Notbremse? Der junge Mann vis-à-vis aber hebt seine goldenen Wimpern. Und ich weiß, welche Stelle er gerade gelesen hat, und er weiß, daß ich es weiß, vergleicht mich mit Hitlers Beschreibung – und lächelt wieder: abschätzend, abschätzig, zustimmend.

Im Kino am Graben: Rambo IV oder sowas. Der Abend ist feucht und schwer, über dem Stephansplatz hängt der Himmel rot, was liegt da in der Luft. Die Kärntnerstraße herauf zieht, uniformiert mit grünweiß gestreiften Leibchen, Mützen und Shawls, eine Horde jugendlicher Anhänger des Fußballklubs Rapid. Ihre Parole (immer deutlicher hörbar): *Wir wollen keine Juden!* Ich weiche in die andere Richtung aus: Rotenturmstraße, Schwedenplatz. Vor dem Eissalon versuchen ein paar Burschen in Lederwesten einen winzigen Frosch zu zertrampeln, der sich, weiß Gott / weiß der Teufel warum, hierher verirrt hat. Mit hilflosen Sprüngen versucht der

Frosch zu entfliehen. Drei Mädchen, die offenbar zu den Burschen gehören, stehen daneben und sehen zu, halb gelangweilt, halb amüsiert ihr Eis schlekkend.

In dieser Nacht beschloß Stein zu emigrieren. Früh am nächsten Morgen nahm er seinen Koffer, der noch unausgepackt in der Küche stand, drehte den Wohnungsschlüssel, was er sonst nie tat, zwei Mal im Schloß, und verließ das Haus. Er brauchte nur ein paar Schritte zu gehn, kaum war er hinaus auf die Lerchenfelderstraße getreten, sah und stoppte er ein Taxi. Ah da schau her, sagte der Taxler, ein alter Bekannter!

Zum Flughafen, sagte Stein. Ja, sagte der Taxler, das hab ich mir gedacht – wohin fliegen wir denn diesmal? Doch hoffentlich, sagte der Taxler, nicht nach Italien? Na bravo, sagte der Taxler zufrieden, na bestens! Wie gesagt alles eine Mentalitätsfrage – diese Südländer haben halt eine andere Mentalität als *unsereiner. Wir*, sagte der Taxler, sind halt ein anderer *Schlag*. Die lustigen Holzhackerbuam, netwahr, Bergkameraden, netwahr, auf Kreta bei Sturm und bei Regen. Wir lagen vor Madagaskar, gelja, wir standen schon vor Moskau. Was uns nicht bricht, macht uns härter, hab ich nicht recht?

Dagegen die dort: verweichlicht, verhätschelt durchs Klima. Eigentlich gemein, Gemeinnutz geht vor Eigennutz, daran ist schon was Wahres. Dort nicht, sondern hier, wo die Arbeiter bruttonational, nach betriebswirtschaftlichen Gesichtspunkten ... Einer für alle, alle für einen; Arbeitsplatz: barabern!

Die dort dagegen: Streiken sei doch das einzige, was die pausenlos täten. Aber, sagte der Taxler, wenn die wieder einmal einen von ihren pausenlosen Streiks haben und ich steck – nur zum Beispiel – im Stau auf dem Brenner, soll ich Ihnen sagen, was ich dann am liebsten tun möcht? Nein, sagte Stein, aber offenbar wieder zu leise. Den Revolver unter dem Sitz hervorgeholt, ausgestiegen, vorwärts Marsch zum Zollhäusel, ein Auge zugekniffen, den Finger krumm gemacht und: *Peng*!
Eine Erleichterung wär das und kaum ein Schaden! Weil diese ganzen Völker: die sind ja nichts wert. Die Tschuschen zum Beispiel: die sind ja auch um nix besser. *Uns* ihre Leut raufschicken, damit sie *den unsern* die Arbeit wegnehmen! Was täten die, fragte der Taxler, denn ohne uns? Die wären doch ohne uns: schon alle verhungert. Und richtig wär das – da sollt man nicht eingreifen in die Natur. Man sollt diese ganzen Völker: ganz einfach aushungern!
Ja, red mir nur, dachte Stein, du redest mir gut! Du hilfst mir damit, bei meiner Entscheidung zu bleiben. Nichts kannst du mehr sagen, was mich jetzt nicht bestätigt. Indirekt jedenfalls bestätigst du mich.
Der Süden und Osten, sagte der Taxler, der gibt mir halt nix. Er sei halt, sagte er, mehr für den Norden und Westen. Vor zwei Jahren sei er mit seiner Familie in Skandinavien gewesen und voriges Jahr – nein schon dieses – in Belgien und Holland. Da fühlt sich halt *unsereins* eher wie unter Verwandten ... Obwohl uns *grad die* in letzter Zeit auch enttäuschen. Die Belgier, Holländer, Skandinavier – übrigens

auch die Schweizer. Sogar die Deutschen – die Westdeutschen wohlgemerkt, nicht die Ostdeutschen. Aber der Ostblock – mit dem will man halt auch nicht allzuviel zu tun haben! Die Franzosen – naja, die Franzosen waren mir sowieso immer ein bissel verdächtig. Und die Engländer – also die Engländer sind ja schon lang nicht mehr das, was sie einmal waren. Aber die Amerikaner – *saubere Freunde!* Das sind allerdings, wie man weiß, nicht alle, sondern nur die von der *Ostküste*, nichtwahr, wie die schon heißen, na hörn Sie, da weiß man ja gleich!

Ja, wie die schon heißen! Mandelbaum, Kirschbaum, Birnbaum. Rosenfeld, Bienenfeld, Sonnenfeld, Schönfeld, Herzfeld. Gutmann und Seligmann, Sinnreich und Ehrenreich. Karpeles, Jeiteles, Abeles, Kindeles, Kohn ...

Zentralfriedhof, *israelitische Abteilung* – Stein hatte den Taxler angewiesen zu warten. Der Verkehrsfluß in der Simmeringer Hauptstraße stockte ohnehin – warum nicht anlegen am Friedhofsufer? Er war gekommen, um Abschied zu nehmen – da lagen seine Toten. Geboren zu Prag, zu Budapest, Czernowitz, Krakau – gestorben zu Wien.

Friedlich gestorben, *mit Muße* betrauert bis zum Jahr 1937. Von da an stirbt man weniger friedlich und trauert schneller. März '38 war ein starker Monat, dann der November. Gestorben am 5. und 7., am 9. besonders ... *Der Mensch ist / in seinem Leben wie Gras* (die Toten der Jahre '39 bis '45 waren nur in Ausnahmsfällen hier bestattet worden). *Er blühet / wie eine Blume* (manche von ihnen standen trotzdem

am Ende der in den Stein gemeißelten Namensreihen). *Auf dem Felde / Wenn der Wind darüber geht / ist er nicht mehr da.* (Gestorben in Dachau, getötet in Buchenwald, ermordet in Auschwitz.)
Ganz wenige Daten nach 1945. Gestorben in New York, verschieden in Philadelphia, verewigt zu Jerusalem. Viele Gräber verfallen, manche lagen mit umgestürzten Grabsteinen einfach offen unter dem Dickichthimmel. Viele, die Stein hießen. Auf das Grab eines gewissen David Stein legte Stein ein Steinchen.

III

(Stein während des Fluges British Airways Nr. 106 an den Großvater)

Lieber Sejde!

Ja, entschuldige bitte ... Hast ja recht – schon wieder so sang- und klanglos ... Einfach auf und davon, simply up and away ... Unter Zurücklassung eines Geistes, wie Du einer bist!
Das hast Du Dir, wirst Du sagen, um mich nicht verdient ...
Aber Du hast doch gesagt, daß ich endlich *was tun soll*! Und: Schnapp mir nicht *ganz* über, hast Du erst unlängst gesagt.
Genau, um *das* zu vermeiden, habe ich weg müssen ...
Ja, auch von *Dir*! Ich heb jetzt gleich ab, Du bleibst unten. Man könnte es allerdings auch umgekehrt sehn. *Ich* brauch halt die aeronautische Technik, Du nicht. Frei schwebend über dem Boden der sogenannten Tatsachen ...
New York, I am coming. Clarissa wartet auf mich ... Barbra Streisand ... Woody Allen ... Und meine Mutter ... Deine Schwiegertochter – erinnerst Du Dich? ... Auch *Du* hast sie niemals erwähnt, doch ich *hab* sie geliebt ... Damals, als Kind von fünfeinhalb Jahren, das weiß ich ... Das weiß ich und kann mich doch kaum mehr daran erinnern ... An ihre Stimme nur, ihre Mädchenstimme ... Warum ist sie nicht mit dem Vater und

mir gegangen? ... Das hab ich lang nicht verstanden – ich glaub, jetzt versteh ich's ... Daß und *warum* sie nicht nach Europa zurückwollte ... Sicher, da war auch eine private Geschichte ... Doch die Geschichte, von der sie Distanz brauchte, *war* nicht privat.

Es gibt einen Grad von Schlaflosigkeit, von Wiederkäuen, von historischem Sinne, bei dem das Lebendige zu Schaden kommt und zugrunde geht, sei es nun ein Mensch, ein Volk oder eine Kultur ... (Von Nutzen und Nachteil der Historie, stimmt – ich hab mir den Band als Reiselektüre mitgenommen) ... Nietzsche, Band 1, als Mittel gegen die Flugangst ... Fasten seatbelts! Die Sauerstoffmaske ist über, die Schwimmweste unter dem Sitz; Fallschirm gibt es keinen ... Um diesen Grad und durch ihn die Grenze zu bestimmen, an der das Vergangene vergessen werden muß, wenn es nicht zum Totengräber des Gegenwärtigen werden soll, müßte man genau wissen ... (Dem allen davonfliegen, ja, das alles hinter und unter mir lassen!) ... wie groß die plastische Kraft eines Menschen, eines Volkes, einer Kultur ist ... (Der Flugkapitän begrüßt uns, das Flugwetter und die Sicht sind gut, wir befinden uns in 8000 Meter Höhe) ... Ich meine (meint Nietzsche) jene Kraft, aus sich heraus eigenartig zu wachsen, Vergangenes und Fremdes umzubilden und einzuverleiben, Wunden auszuheilen, Verlornes zu ersetzen, zerbrochne Formen aus sich nachzuformen. Es gibt Menschen, die diese Kraft so wenig besitzen, daß sie an einem einzigen Erlebnis, an einem einzigen Schmerz, oft zumal an einem einzi-

gen zarten Unrecht, wie an einem ganz kleinen blutigen Risse unheilbar verbluten ... (Ich *will* nicht zu diesen Menschen gehören, wir überfliegen soeben die Staatsgrenze) ... Es gibt auf der anderen Seite solche, denen die wildesten und schauerlichsten Lebensunfälle und selbst die Taten der eigenen Bosheit so wenig anhaben, daß sie es mitten darin oder kurz darauf zu einem leidlichen Wohlbefinden und einer Art ruhigen Gewissens bringen.
Klar, auch vor denen will ich auf und davon ... Und was ich bedaure, ist nur, nicht *direkt* zu fliegen ... New York über London – ein ganzer Tag Pause dazwischen! ... Doch alles andere war bereits ausgebucht ... Und ich hab nicht mehr *warten* können, verstehst Du? ... (Was glaubst Du – hat meine Mutter sich sehr verändert?) ... Das war eine Lebens- und Überlebensfrage ... Wenn ich jetzt abstürzen sollte, das wär etwas anderes.

London Heathrow, Landung 15 Uhr 10. Touristen aus der BRD, Österreich und der Schweiz benötigen für die Einreise nach Großbritannien einen *gültigen Reisepaß*. Als erstes wird ein Beamter der Einwanderungsbehörde Ihre Papiere überprüfen und die Einschiffungs- bzw. Landekarte einbehalten, die Ihnen auf der Fähre, im Flugzeug oder in der Eisenbahn ausgehändigt wurde. Für Reisende aus den EG-Ländern stellt diese Formalität seit dem 1. Januar 1973 kein Problem mehr dar.
Anschließend müssen Sie an einem Zollbeamten vorbei – tatsächlich ... Ich muß dem Gentleman verdächtig vorgekommen sein, obwohl oder gerade

weil ich beim grünen Durchgang durchwollte. Er hat meinen Koffer Stück für Stück ausgeräumt. What's that? Beruhigungspillen. Der Typ mißtraut mir. Mein lieber Mister! Um mich umzubringen, brauch ich doch nicht nach London zu fliegen. Da wär ich doch gleich in Wien aus dem Fenster gesprungen. Und hätt vor dem freien Fall: Aus dem Weg! gerufen ... By the way. Do you know the case of Friedell?
Friedell lived in his own three-story-house. Also living there was a young girl who had two SS-men as friends. One evening after the establishment of the new regime the two young men came to the house in uniform, to take out the girl, but they made a mistake in the door and rang the wrong bell. Dr. Friedell opened it, saw them and, without asking what they wanted, rushed to the window ...
Wie bitte, Sir? Das interessiert Sie nicht? Friedell, not the least idea – an Austrian writer! Nicht ich. Der Friedell. He is dead. I'm alive and no dealer. Außerdem fliege ich ohnehin morgen weiter.

Aber was anfangen mit dem heutigen Tag? Bin mit der U-Bahn (Piccadilly-Line) bis zum Piccadilly-Circus gefahren, das war naheliegend. Ohne Lichtreklamen ein häßlicher Platz. Gleich dahinter Gassen mit *bad vibrations.* Prostituiertencockney – versteh kein Wort. Der Mann mit dem Koffer: keine dankbare Rolle. Im Zentrum von London sind Bed & Breakfast-Pensionen ziemlich selten geworden. Die Heizung funktioniert meist nur kurz, es müssen Münzen in einen Zähler geworfen werden ...

Tatsächlich: ich friere – aber das war schon in Wien so.
Übrigens: Wenn ich von hier aus dem Fenster schaue ...
Mir schwindelt ein bißchen – wo ist der Unterschied ...?
Ein Dach vis-à-vis, darunter die Straße, darüber der Himmel.

Die Workmen's Cafés sind eine in London sehr beliebte Einrichtung, leider aber im Verschwinden begriffen. Sehr kleine, sehr preiswerte Restaurants, die es im Stadtzentrum allerdings nicht mehr gibt. Wegen der Öffnungszeiten, die von den Schankwirtschaften streng befolgt werden müssen, ist das Trinken in London zeitweilig problematisch. Die neuesten Filme werden in den Exklusiv-Vorführräumen des Westend gezeigt; die Kinos dort sind sehr teuer.

Trotzdem im Kino gewesen. Ein seltsamer Film. Hat damit begonnen, daß einer in seiner Untermietwohnung aufgefunden worden ist, schon seit längerer Zeit tot. Sie haben ihn fotografiert und dann seinen Umriß gezeichnet, an die Stelle, wo er gelegen ist, mit Kreide. Und dann haben sie ihn weggebracht, und der Hauptdarsteller (wie sich später herausgestellt hat, eine Art von Doppel- und Nachgänger des Toten) ist eine quälend lange Einstellung lang um diesen Kreideumriß herum gestanden.

Wie wenn ich nicht ich wäre, sondern ein anderer ... Von einem, der in die fremde Stadt kam, das

Fürchten zu lernen. Auf einmal kam ihm die Stadt fatal bekannt vor. Als wär er schon dagewesen, da fürchtete er sich gleich noch mehr...

In der Nacht plötzlich aufgewacht mit der Idee, daß ich Marion verloren habe. Als wäre sie mit mir hier in London gewesen, als hätte ich sie, wie in Wien, an der Hand geführt, und auf einmal war sie weg. Sehr dichtes Getümmel in der Shaftesbury Street, vor dem Kebab-Kiosk, bei den Porträtzeichnern unter den Arkaden. Um den Brunnen herum: die Punks; vis-à-vis, vor dem unsympathischen Pub: Betrunkene; beim Eingang zur U-Bahn-Station: eine Menschenwelle, die auf mich losflutet... Da tauche ich durch, doch dann stehe ich atemlos, ratlos. What are you looking for? fragt ein älterer Herr. What am I looking for? Ich weiß keine Antwort. Dann antworte ich: Die Piccadilly-Line.
What direction? Where do you want to go?
Welche Richtung? Wohin? Wasweißich? Ich weiß nicht!
Der ältere Herr wird allmählich ungehalten. Ich muß doch wissen, meint er, wohin ich will!
Na hören Sie, wehre ich mich, was geht denn das Sie an?
Ah so? sagt er. Kommen Sie also aus Österreich! Warum reden Sie dann nicht gleich deutsch?... Ich frage Sie, wo Sie hinwollen, und Sie geben mir keine Antwort!... Und überhaupt: wenn Sie schon aus Österreich kommen, warum beim

Allmächtigen reden Sie dann mit mir englisch ...?
Mit Ihnen, sagt er, muß man Tacheles reden. Wieso wissen Sie nicht, wo Sie hin wollen, Sie Idiot, der Mensch muß doch ein Ziel haben?! Ich bin seit fünfzig Jahren hier in London, aber Sie, Sie kommen einfach daher und sagen mir nicht, wo Sie hin wollen! Gehen Sie, fahren Sie, fliegen Sie, hauen Sie ab ... schauen Sie, daß sie dorthin zurückkommen, wo Sie hingehören!

Lieber Max
Du bist geblieben, wo bleibst Du? Auf Dich wartend lese ich Roth (den Joseph). Auch Du bist ein Exterritorialer, willst es nur noch nicht wahrhaben. Österreich ist kleiner, als Du glaubst, Österreich ist größer, als Du glaubst. Mach's gut.

Clarissa

Noch immer / schon wieder Steins Koffer gepackt in der Küche. Im Zimmer noch immer der Spiegel, die Couch, das Fenster. Die Stimme des Großvaters? Ja, aber sehr weit weg. Das Licht, wie es langsam wandert, von Morgen bis Abend.
Stein lag auf der Couch und bemühte sich, zu versteinern. Ganz dicht, ganz kompakt zu werden, jawohl, mineralisch. Bemühte sich zu zersetzen und gleich wieder zu kristallisieren, was Clarissa unaufgelöste Sentimentalität genannt hätte. Möglichst wenig Angriffsfläche bietend für Reize von außen, möglichst wenig Raum lassend für die Ausbreitung von Angstwellen, Schmerzwellen, nach innen.

Nur, wenn sie kommen würden, um ihn zu holen, würde er noch einmal all seine pflanzliche, all seine tierische Kraft zusammennehmen müssen, um erstens emporzuwachsen und zweitens zu springen. Aus dem Fenster, vielleicht *durchs* Fenster zu springen: aber unten auf dem Pflaster würde er aufschlagen, *einschlagen* wie ein Stein. Denn *daß* sie kommen würden, das schien ihm gewiß. Zwar hatte er sich mit fast vollem Erfolg betäubt, doch hörte er manchmal, wenngleich nur sehr leise, die Lieder, die sie draußen, auf einer Straße, deren Namen er nur mehr sehr vage wußte (*Märchen*felderstraße? *Leichen*felderstraße?), immer ungenierter sangen.
Doch dann geschah es, daß ihm Marion einfiel. In die Tiefe seines in sich zurückgeflossenen, erstarrenden Bewußtseins *fiel* Marion, Stein hieß auch sie, ein Steinchen, das ins beinah schon gefrorene Wasser fällt, und das verursachte sich vergrößernde, sich erweiternde Kreise. *Wellen*kreise: die trafen Steins Hirn wie ein Nachhall. *Was* hatte der Großvater soeben gesagt? Schau, daß Du dorthin zurückkommst, wo du hingehörst? Aber er *war* ja *da*!
Oder genauer: er *würde* noch heute *dort* sein. Stein setzte sich auf. Er *stand* sogar auf. Max Stein war zur Stelle. Er *würde* zur Stelle sein. Klar. In knapp fünfzig Minuten. Er wusch sich, er zog sich an, hinter ihm fiel die Tür zu ... Im Weinstock, den der Tempeldiener der nebenan verbrannten Synagoge gepflanzt hatte, piepste ein Vogel. Sonst hing nur Stille über dem Hof, am Rande des Himmels vibrierte allerdings auch um diese späte, frühe Stunde das ewige Verkehrsbeben. Stein trat aus dem Haustor,

witterte links und rechts. Die Straße war frei, gottlob ohne die braunen Bataillone... Auf der Fahnenstange vor dem Parlament hing, wenn auch etwas schlapp, die *österreichische* Fahne. Beim Rathaus traf Stein einen Polizisten ohne Hakenkreuzbinde. Der musterte ihn, vermutlich wegen der Entschlossenheit seines Schritts, erstaunt, aber nicht unfreundlich. Stein fühlte sich jetzt sehr kühl, sehr nüchtern, sehr zielstrebig.

Beim Schottentor bog er ab, die Buchhandlung an der Ecke zur Helferstorferstraße lag dunkel, aber der Satz aus dem Buch, das er damals, hier in der Wühlkiste, gefunden hatte, leuchtete ihm hell. *Was immer du heute tust oder unterläßt* – ja, dachte er, genau, dachte er, ich weiß um meine Verantwortung. *Es hat seinen Einfluß auf den morgigen Zustand der Welt.* Er würde sich seiner Verantwortung nicht entziehen. Schon um Marions, um meines Kindes willen! Dachte er laut, als er den Börseplatz überquert hatte und in die Neutorgasse einbog. Das Tanzinstitut wirkte etwas bedrückend so finster. Zelinkagasse. Auch hier hörte niemand Steins Denken.

Der Platz vor der U-Bahn-Station schien jetzt größer: sehr leer. Die Tür der Trafik war mit einem Scherengitter verschlossen, dahinter lag Steins Versäumnis. Der Widerspruch, den er nicht über die Lippen gebracht, die gebührende Antwort, die er nicht gegeben, der Gegen-Satz, den er nicht artikuliert hatte. Während der Satz, den jener Mann, betrunken oder nicht, damals vorweg gesagt hatte, inzwischen aus der kleinen, nunmehr geschlossenen Öffentlichkeit dieser Trafik in eine größere, große

Öffentlichkeit hinausgedrungen war und sich bösartig verbreitete. Natürlich hatte es Gegen-Sätze gegeben. Gottseidank brachten einige und womöglich immer mehr Österreicher den Mut und den Mund auf. Aber *Steins* Gegen-Satz, in seinem Bewußtsein der erste und daher wichtigste, war bisher ausgeblieben. Stein *würde*, Stein *mußte* ihn nachholen, doch, nur genug Geduld mußte er haben, hier auszuharren, und auch von keiner Clarissa mehr durfte er sich von dieser *Gegenwart*, dieser *Präsenz* hier ablenken lassen.

Hier würde er bleiben, nicht nur zur Tanzstundenzeit. Und wenn er hier anwuchs, wenn er hier Wurzeln schlug. An *seinem* Ort und zu *seiner* Zeit, so lang sie halt währte. Ein Denk-Mal, ein *Mahn*-Mal: Stein, seine eigene Mahnwache.

Wie lang er dort wirklich stand – ich weiß es nicht. Die Zeit, sagte der Dozent, der ihn später behandelte, sehr zutreffend, ist etwas höchst Subjektives. Die Zeiger der Uhr an der Ecke zum Ring liefen rasch im Kreis. Schon wieder ein Tag herum – oder war die Uhr einfach stehengeblieben ...? Natürlich, da wechselten wohl die Lichtverhältnisse. Aber nur schwach – oder waren es eher Steins Augen, die schwach waren? Meist war es diesig, viel Dreck lag in der Luft, der Donaukanal dunstete. Durch Steins Kopf flatterten Möwen, brausten Autos, kurvten Straßenbahnen.

Auch kamen und gingen selbstverständlich Passanten. Zu den Stoßzeiten wurde Stein häufig angerempelt, zu ruhigeren Zeiten war es wahrscheinlich

Nacht. Oder frühmorgens. Da war es vermutlich am ruhigsten. Zu guten Stunden sang sogar eine Amsel... Dann wiederholten sich gewisse Konstellationen. An der vorderen Ecke des U-Bahn-Gebäudes, gelb, die Zeitungskolporteure, in der hinteren, schwarz, die Kontrollore (gesehen durchs Glas, dazwischen eine von Stein gedachte Diagonale). Gewisse (oder einander ähnliche) Personen tauchten immer wieder auf, ein paar davon blieben. Die Blumenfrau, die *Obst- und Südfrüchte*verkäuferin, die Trafikantin oder der Trafikant, der *Würstel*mann.
So viel zur Frage, wovon sich Stein dort ernährte. Wenn ihn ein Bedürfnis ankam, aber auch, wenn er sich einigermaßen reinigen wollte, benutzte er die öffentliche Toilette. Schlief er dort etwa auch, wenn er überhaupt schlief? Er wurde nicht wegen Vagabondage perlustriert. Am ehesten schlief er, ist anzunehmen, im Stehen. Das heißt, wenn man sein *Standhalten*, von dem er sich auch durch die Funkstreife, die seinetwegen anhielt, nicht abhalten lassen wollte (er konnte sich ausweisen und reagierte nicht weiter auf die Aufforderung, nach Hause zu gehen), wirklich als *Stehen* bezeichnen kann. Nach und nach verlagerte er nämlich sein Gewicht ständig von einem der in alsbald sehr ausgebeulten Hosen stekkenden Beine aufs andere, trat ständig von einem staubig, staubiger, am staubigsten beschuhten Fuß auf den anderen, wodurch auch sein Oberkörper dauernd hin und her wackelte. Wie (diesen Vergleich könnte ein Türke unter den Zeitungsverkäufern gebraucht haben, der wußte, wovon er sprach), ja, genau wie ein Tanzbär.

Selbstredend gewöhnte man sich an ihn – und doch wurde sein merkwürdiges Verhalten von denen, die sich des öfteren oder täglich in der Nähe der U-Bahn-Station Schottenring aufhielten, immer aufs neue bemerkt. Und immer aufs neue wurde es Anlaß zu seinen offenbar nicht ganz normalen geistigen Zustand betreffenden Bemerkungen, Witzen, Spekulationen. Darüber waren fast alle sich einig: er wartete auf etwas oder jemand. Da es aber, wie man bereits nach kurzer Beobachtung feststellen konnte, keine Straßenbahn war und auch niemand, der (oder die) ihn hier treffen wollte, war es wahrscheinlich jemand, der (oder die) nicht kam.
Doch mit dem Wackeltick hatte es nicht sein Bewenden. Hinzu schlug sich die problematische Tendenz, sich erst nur mit einem, dann aber mit beiden Füßen auf die Fahrbahn oder den Gleiskörper der dort verkehrenden Straßenbahnlinien zu begeben. Zum Verlassen des Gleiskörpers wurde Stein übrigens wiederholt, einmal sogar von einem Straßenbahnfahrer, der extra um seinetwillen bremste und ausstieg, ermahnt. Stein beherzigte diese gutgemeinte Ermahnung jedoch nur vorübergehend.
Mitten auf dem Gleiskörper stand, ging, wackelte, nein: *lief* er jedenfalls auch, als ihn eines, sagen wir schreibe ich, bereits herbstlichen Spätabends, da der Dunst vom Kanal schon eindeutig Nebel war, ein aus der Brigittenau kommender Straßenbahnzug der Linie 31 anfuhr. Nicht allzu groß war die Fahrgeschwindigkeit, Stein brach sich nur einen Unterarm, aber darüber hinaus konstatierte der Rettungsarzt eine, wie er annahm, durch den Unfallschock be-

dingte, geistige Verwirrung. Der Mann, könnte die Straßenbahnfahrerin bei der polizeilichen Vernehmung gesagt haben, sei ihr, von links kommend, ja regelrecht in den Triebwagen *hineingerannt*. So als wäre er hinter jemand oder noch eher: als wäre *etwas* hinter ihm her gewesen.

Da war ein Geräusch, das reichte tief in Steins Schlaf. Ein Geräusch, das er vorerst als das Scheppern und Poltern deutete, mit dem ihn die städtische Müllabfuhr jeden Donnerstagmorgen weckte. Aber vielleicht war gar nicht Donnerstag und vielleicht war gar nicht Morgen. Als er aufstand und sich ans Fenster lehnte, schaute er in ein Licht, das ebensogut dunkel sein konnte.
Das Geräusch war immer noch da (es kam näher und näher). Aber es klang jetzt kaum mehr scheppernd, polternd, eher klirrend, rasselnd, und jener Grundton, den er zuvor für den des ärgerlicherweise wieder einmal nicht abgeschalteten Motors gehalten hatte, schwoll grollend. Schwoll grollend zu einem Vibrieren, das sich zuerst der Straßendecke mitteilte, dann den Gehsteigen, dann den Hausmauern, dann den Plafonds und Fußböden. So auch dem ohnehin welligen, mit einer Chinamatte bedeckten Boden, auf dem Stein stand.
Dann bog, von der Lerchenfelderstraße kommend, ein Panzer um die Ecke und fuhr gegen die Einbahn. Das war kein Versehen, denn noch bevor das derart gegen die Verkehrsordnung verstoßende Fahrzeug wenden oder dezent rückwärts rollen konnte, folgte ein zweites, ihm gleiches. Gedrungen, zu breit für

die Gasse, blindlings das Pflastersteinmäuerchen umstreifend, das die vom Gaswerk mit der Freilegung der Leitungen beauftragten Arbeiter errichtet hatten. Und schon folgten Panzer Numero drei und vier, von mistkäferhafter Schwärze.
In diesem Moment hatte Stein das Gefühl, daß jemand hinter ihm stand. Er drehte sich um, und da war es seine Tochter, im Tanzdreß. Sie tanzt also noch immer, dachte er (immerhin waren sieben, acht Jahre vergangen, seit er sie zum letzten Mal gesehen hatte). Klar, sagte Marion, ihr linkes Bein in Augenhöhe durch die Luft schwingend, was man im Kopf hat, muß man auch in den Beinen haben. Inzwischen hatten die Panzer draußen, schien es, angehalten, denn das Beben hatte aufgehört. Stein, wieder aus dem Fenster gebeugt, sah zuerst Marion, die offenbar das zweite Fenster geöffnet hatte, dann einen Uniformierten, der – ein Herr ohne Unterleib – nur zur Hälfte aus dem Turm des direkt vor dem Haustor parkenden Panzers ragte, aber ein Megaphon an den Mund setzte. Meine Damen und Herren, sagte er, Bürger und Bürgerinnen, Österreicherinnen und Österreicher! Rauchen verboten / No smoking / НЕ КУРИТЬ/ Défense de fumer! Na, sagte Stein zu seiner Tochter, was hab ich gesagt. Ich hab's ja gewußt, daß es noch einmal soweit kommen wird, aber mir hat keiner geglaubt. Prompt stellte die Megaphonstimme klar, daß sich die ehemaligen Alliierten und Signatarmächte des Staatsvertrags angesichts der bedenklichen Entwicklung in Österreich, ungeachtet aller sonstigen Differenzen, zu einer gemeinsamen Aktion entschlossen

hätten. Nicht hinausbeugen / Do not lean out / НЕ ВЫСОВЫВАТьСЛ! / Ne pas se pencher au dehors!

Also gut, sagte Stein, dämpfte die Zigarette am Blechsims aus und schloß das Fenster. Ich bin übrigens, sagte Marion, ins Zimmer zurückhüpfend, gekommen, um dich was zu fragen. Ja, sagte Stein, nicht ganz konzentriert, denn die Megaphonstimme redete weiter, was hast du auf dem Herzen? Was man auf dem Herzen hat, sagte Marion, nun ihr rechtes Bein schwingend, hoch höher am höchsten, muß man auch im Kopf haben. Inzwischen zählte die Stimme draußen die Gründe auf, die zur Wiederbesetzung Österreichs geführt hatten. Warum, fragte Marion, hast du die Mama damals verlassen? Pst, sagte Stein und legte den Finger an die Lippen, ich will verstehen. Ja, sagte Marion, ich will auch verstehen, genau darum geht es.

Steins Bewußtsein, als wäre es anästhesiert gewesen, empfand erst jetzt voll, was geschehen war. Und es tat weh und es tat gut – o ja, es tat auch gut. Sie sind wirklich wiedergekommen, dachte er, sie haben uns wirklich wieder besetzt! Aber gleichzeitig dachte er: recht geschieht euch! Warum? fragte Marion. Na hör einmal! sagte Stein. Aber sie meinte etwas anderes. Warumwarum? fragte sie beharrlich, wie sie ehemals als Kind gefragt hatte. Bis auf weiteres, sagte die Stimme, herrscht generelles Ausgehverbot. Bis auf weiteres, sagte Stein, mußt du also bei mir bleiben.

Das geht nicht, sagte Marion, die Töchter werden in Scheidungsverfahren meistens den Müttern zugesprochen. Ach was, sagte Stein, du mußt doch schon achtzehn sein, oder? Die Bevölkerung, sagte die Stimme, wird aufgefordert, Ruhe und Disziplin zu bewahren! Die Eltern werden gebeten, auf ihre Kinder Obacht zu geben! Siehst du, sagte Stein, aber in diesem Augenblick hatte Marion schon wieder ein Fenster geöffnet. Nicht nur, daß sie sich hinausbeugte, nein, sie schwang sich aufs Fensterbrett und sprang. Randsprünge verboten, bellte die Megaphonstimme, nun allerdings aus veränderter Position, vielleicht vom Dach vis-à-vis, die weiblichen Badegäste werden dringend ersucht, das Schwimmbecken nicht ohne Badehaube zu betreten! Wieso betreten? dachte Stein. Marion schwamm. Die Gasse stand unter Wasser.

Komm zurück! rief Stein, doch seine Tochter schwamm flott stromabwärts. Es war jetzt tatsächlich ein Strom, in dem sie schwamm, ein Strom, in dem sie schwammen, auch Stein war hineingeraten. Ganz Wien stand unter Wasser, aber ein echter Wiener, sagte ein unbekannter Mitschwimmer, geht nicht unter. Ein echter Wiener, wollte Stein fragen, wer oder was ist das – aber im eigentlich fragenden Teil dieses Satzes bekam er Wasser in den Mund. Österreicher samma alle, antwortete darauf der andere, nicht ganz überzeugend. Wahrscheinlich war es auch gar nicht als Antwort gesagt. Stein fühlte sich untergehen, nebbich, sagte sein toter Großvater, was immer er damit meinte. Aber bevor ihn sein Enkel diesbezüglich zur Rede stellen konnte, kam ihnen Marion entgegengeschwommen, gegen den Strom.

Wie machst du das? fragte Stein, der an ihrer Seite zu bleiben versuchte. Ganz einfach, sagte seine Tochter, deren Kopf sehr aufrecht aus dem Wasser schaute, du mußt Widerstandsbewegungen machen. Nicht strampeln, ruhig durchatmen, schau, mach es so wie ich. Stein tat sein möglichstes, aber er merkte, daß er hinter Marion zurückblieb.
Was glaubst du, fragte Stein seinen Großvater, der es eigentlich wissen mußte, ist das die neue Sintflut? Ich meine: Ist das nur ein lokales Ereignis oder steht inzwischen *alles* unter Wasser? Statt eine Antwort zu geben, zeigte der Großvater mit seinem spitzen Totenkinn auf die Sphinx, an der sie gerade vorbeikamen. Der stand das Wasser bis zur vom Aussatz abgefressenen Nase.

Sicherlich gäbe sowohl die allgemeine Entwicklung der Welt als auch die besondere Österreichs, sagte der Dozent, der Stein schließlich behandelte, zu einer gewissen Besorgnis Anlaß. Doch sei ja das eben gerade das Pathologische: daß einer wie Stein in der Interpretation der Wirklichkeit entschieden zu weit gehe. Die Wirklichkeit werde zum Wahnbildungsmaterial einer ihr gegenüber wahrscheinlich von vornherein allzu labilen Phantasie. Steins Paranoia passe ziemlich genau ins Erscheinungsbild einer völlig normalen, endogenen Psychose. Hauptsymptome sind Wahnbildung bei klarem Bewußtsein → Autismus, Selbstentfremdungserlebnisse (Depersonalisation), Gefühlsverarmung, Verstimmung und Denkstörungen. Als Ursache nimmt man heute neben Hormon- und Stoffwechselkrisen

auch patholog. Reaktionen auf einen im Organismus gebildeten → Antikörper an. Seel. Belastungen sind z. T. als auslösende Faktoren wirksam. Die Behandlung (bei schweren Fällen stationär) umfaßt neben → Psychopharmaka v. a. Heilkrampf und → Schockbehandlung sowie → psychotherapeutische Methoden.
Übrigens ein Glück, sagte der Dozent, daß Stein nach seiner Einlieferung in die Erste Unfallstation schon der räumlichen Nähe wegen in die psychiatrische Abteilung des *Allgemeinen Krankenhauses* überstellt worden sei. Auch hätte man ihn dort kaum behalten, sondern ihn früher oder später hinaus in die Heilanstalt *Am Steinhof* geschickt, von wo er schwerlich so bald zurückgekommen wäre oder doch nur gegen Revers einer mit ihm verwandten bzw. verehelichten Person, hätte sein Fall nicht ein gewisses Interesse erweckt. Die Tatsache, daß man ihn in sediertem Zustand aus dem Bett geholt und – natürlich mit seinem Einverständnis – *auf ein Gespräch* in einen, wie er sich später beschwerte: arenaartigen Hörsaal gebracht habe, sei also bitteschön auch in diesem Licht zu betrachten. A propos Licht: Stein habe bei dieser Gelegenheit etwas von Lichtsplittern geredet, die er freisetzen wolle, womöglich – er sage das (bei diesen Worten lächelte der Dozent) nur ganz im Vertrauen und für alle Fälle – womöglich habe der Patient, dessen Entlassung in häusliche Pflege er nichtsdestoweniger für gerechtfertigt halte, auch leicht pyromanische Tendenzen.

Stein wurde von Frau und Tochter abgeholt. Aus

der Entlassungskanzlei in den Spitalsgarten getreten, versuchte er sich von den ihn links und rechts stützenden Armen freizumachen, um zu demonstrieren, daß er, geheilt wie er war, auch wieder selbständig gehen könnte. In der Lazarettgasse, durch die sie, da kein Taxi am Standplatz wartete und Stein am Gehen Vergnügen fand, einige weitere Schritte zu Fuß gingen, hockte ein großes, mit schwarzer Farbe gespraytes Hakenkreuz an der Wand einer Bauhütte. Das bild ich mir, dachte Stein, schon wieder nur ein.

Aber Steins Finger tasteten nach den Zündhölzern. Die Gedenktafel wird inzwischen montiert sein. Ihr Text wird kürzer sein als der von Stein verfaßte. Ich betrete das Haus, das ich noch immer bewohne, ich schließe die Wohnungstür hinter mir, das Dach vis-à-vis reflektiert die Dämmerung.